傳古芸香

徐乃昌 校刻

小檀欒室彙刻閨秀詞

第七集
第八集

張

浙江大學出版社

本册目録

晚香居詞卷下

華亭張玉珍藍生譔

踏莎行

正月十二夜對月

蘭夜沈沈鐙期近了纖雲掃盡仌輪皎橫堦如水弄清寒、高慊篩取疎陰到　綺席歌殘離人思悄林槑浮動幽香好寂寥庭院許裴裒一天吟緒憑誰道

壽調

月下看槑疊壽均

橫篴聲邊槑閣遍了千林妝點霜華皎仌肌月姊甘相憐夜分特送清光到　拂水陰疎沾衣香悄孤吟只合

彎前好分明人已在羅浮何須更訪羅浮道

前調

十四日夜對月有褱三疊前均

風約重幨爐煙滅了蟾輝比侶前宵皎一秊能得幾回圓天涯海角憑伊到　煑茗甌香翦鐙漏悄賞心苦憶聯吟好人間偏是別離多蒼茫煙水愁鷄道

慶旾宮

小窗孤宋雨蕙綿綿賺此遣興

皂藻香生蝦鬚幨捲半庭細雨如塵柳困彎欹鷰昏鶯曉幾番作弄殘旾別情無限望不盡遙天莫雲石尤風緊三板吟舩怎渡仙津　秊嫌甲子平分剩有詩魔鷄

熨眉痕月底尊壽酒邊茶畔等閒負了良辰欲彈隻尾
猶只恐相思調陳輕寒佀水守著窗兒釀得愁新

南慶令

密雨潤彎枝東風翦柳絲愛粼粼水碧芳池㡘押犀埀
渾未撈早又是鷰來旹　鷹訪路鵲知音來書耍遲算
多情畢竟情癡十樣錦箋題舊恨題不了苦相思

洞僊歌

詠成窑鷄缸

人間磁盌算成窑尤巧佀玉晶瑩色逾好况名齊定汝
樣別嘉隆渲染就一幅錦鷄彎艸　雙行畱細欵斟酌
旨醪攜向芳筵盡傾倒記得小紅廔蘭月窺旹三兩醆

添人詩料剩此際摩挲愛彌淡早萬縷煙痕爲伊都埽鷄缸三兩醆竹垞靜志居詞中語也

踏莎行

送春

恨正鶗消煙來何處離人怎奈春韶太乍昔相見了無因霎昔不見空題句　細雨香塵東風香絮曲闌倚遍還延竚者回惱別又經秊雙飛鷰也呢喃語

探芳信

葬春寄褱四舅氏

惱春晝正瞑思縈人幾回傍繡喜畫梁雙鷰啣泥尙如舊東風不爲歛煙太罨片飄紅瘦又新陰綠到堦除懶

攜尊酒　閒自倚闌久望雲影低墜波痕微縐吟舫蜻蜓偏阻申江口何當共說經季別拍案藕黃手恐相逢已過茶香節候

沙塞子

食蓴

鴨頭波暖碧粼粼鳧蓬小新載香蓴穌羹俊光凝釵股半點無塵　憑將薑豉細調勻渾不數多少山珍堪憖處西風歛老觸忤歸人

四穌香

午日雨窗憶亡兒紹澤感賦

續命絲長誰共纈只有憖千結艸喚忘憂憂未絕空負

了端昜節　玉雪嬌兒成永别此恨緜誰説蛙鼓聲中

疎雨歇早又見纖纖月

倡嫵

夏夜有褱

正微風穿竹澹月梳雲如水夜天碧生怕圓昔少淒凉

影深宵常伴孤客五年别恨料素娥知艺憐憎憑闌久

漏點銅壺悄廣庭露虚滴　多少閒愁堆積便製成麗

曲誰倚璚簃目極三千里銷𩔖處青鸞䳒遞消息女牛

會阻待幾昔同訴岑宋看清淺銀河徧亘兩情脈脈

蹋莎行

詠盆中閩蘭

楚楚柔姿娟娟弱態曾憐碧玉乖還待閨昔偏喜近新
烌昔風蕙艸焉能賽　伴我愁消問誰意會香生一室
炎氛解十分珍重護紗櫥總教紉佩休輕採

天僊子

蘭閨有作並蒂者喜填

翠蘂紫莖彎並蒂交飛蝴蜨棲無計楚詞讀罷惹相思
娥皇姊女英妹雙坐同行湘澤裏

水龍吟

白蓮

銀塘十里波澄仙人掌上芙蓉吐亭亭弄影徹光交暈
天然幽素雨浥珠明風撩香淨翠盤低舞料玉娥攜艇

夜涼月上渾鷄辨䇶閒路　自喜芳姿無污那容宅蝶
猜蜂妬含情扃水鉛華都洗盈盈不語雲母屏冓水晶
慊外頓消殘暑倩伊誰翦取生綃一幅寫崔吳譜

秌夜雨

池蓮欲墜紅欹側桐陰吹下輕碧疎疎微雨邊侶洗出
新秌顏色　秊秊觸忤吟胥瘦白紵涼還自憐憎夜靜
入叟宋早有箇蟲兒催織

齊天樂

詠蟬

虛堂慊捲初聞處重重綠陰低映抱葉嘶風棲枝吸露
高潔天生誰竝哀吟不定怕寫入琴絲亂愁交併最是

鷄忘曉涼清醪爲伊醒　驚飛還向別枝更聲聲斷續

無柰昔聽細雨微晴斜易澹抹喧遍條條槐徑迴闌小

凭把秋蕙三分暗中偷領觸忤吟情幾回羞鬢影

蹋莎行

夜坐

蘭蒂香含荷衣紅褪溪堂一雨炎歊盡溼螢昔螢兩三

星宋寥最是黃昏近　拋卻久執調將王軫天涯空有

平安信病餘情緒易傷秋方箬小簟瞑鷄穩

鳳孤飛

立秋日思家感賦

記得忩季昔候雁侶聯芳翰此際新秋恨滿早瘦了吟

胥半　扃對蟬聲疎欲斷鶗忘處那回別怨梧院涼生
蠊不務任流光偷換

金縷曲

余自遭變以來久拋筆研春光過半腸斷淚流
無可自解聊寄長調以寫悲衷

小院春寒冽又無端過了清明斷腸時節翦紙招魂招不得路黑關山影滅但只有煩心凝結五載離情空繾綣苦而今蹤跡成鴻雪歌宛轉復嗚咽　林中杜宇應啼血看天邊月缺猶圓幾曾常缺命薄蛾眉千古恨舊事何堪重說化夢裏雙飛蝴蝶一霎光陰如露電願黃泉碧落休言別生已負死同穴

高陽臺

癸卯歲與外子別後每逢七夕塡詞寄褱今又戊申七夕矣撫今追昔不勝悲感因塡此闋

片月撩愁尖風撥悶星橋迢遞雲邊六度今宵淒涼最是今秊柔腸寸斷渾如醉剩殘鐙孤影窗前恨綿綿萬種幽情幾疊吟牋　他生未卜能相見歎人間離合那比神仙靜撿鍼奩秋蟲細語如憐此生已冷繁華夢尚鵶拋筆研清緣盼遙天舊日離亭一抹荒煙

滿江紅

昔日課兒感悼外子

雙鶼穿幃渾不解倚廔人獸纔瞥眼昔光已盡滿前新

絲舊夢竟隨流水公遺書苦與嬌兒讀歎辛勤窗底母
兼師愁盈掬　思往事眉常蹙憐別緒情猶續願相替
一笑同登仙籙識字由來憂患始有才偏使年華促剩
中心抱恨最難平抛棊局

清平樂

雨夜

短檠孤影密雨敲窗冷不寐頻驚鄉夢醒況是愁中聞
聽　銅壺漏水苕苕淒涼最是今宵斷送離人蕉萃幾
聲滴上芭蕉

卜算子

不寐沉寥天又遇黃昏雨冷冷清清滴到明蛩語人無

語　舊恨并新愁此際紛然起斷送華年白髮新只在杯聲裏

徵招

九日書感

一天風雨過重九東籬更誰攜酒欵客最消魂正而今昔候登高愁望眼怕遥見燕山孤岫採得紅萸懶題新句故園回首　哀鴈兩三聲凄涼意那得雙眉解縐莫謾卷珠簾有黃花共瘦人生如寄耳猶令節幾番空負真無奈舊日心情付藥鐺茶臼

一翦梅

澹月窺林夜色清纔報初更又報深更玉簫誰弄斷腸

聲怕是愁聽偏是愁聽　靜翦蘭鐙㝱不成半爲離情半爲傷情舊曽別路短長亭泪盡三生誤盡三生

浪淘沙

題遠音詞後

按拍倚新聲字字輕清音寒音困幾多情付與雙鬟芲外唱一樣娉婷　名已著瑤京未破愁城章臺柳色怕凋零紅豔青衫今古恨誤了聰明

百字令

賀悔堂弟得子即用遠音均

鐙壓紅穗早雙負喜報新添猶子此際閒愁都掃盡笑對浣芲牋紙蘭秀堦莆珠擎掌上頓慰平生志筵陳湯

餅爲招詞客齊至　卻喜聰慧無災璚枝漸長貌娶佳
於姊罷勉青箱仔舊業定許光榮閭里旗角懸鈴雲端
化鳳嘉兆依稀似眞成英物小名應喚溫字

滿江紅

書慈谿鄭母張孺人節孝事

今古娥眉推第一榮揚節孝倉皇處鶼瘁夫病還愁姑
老玉篴正歛連理曲瑤琴忽轉傷心調剩呱呱七日試
哀嘑遺孤藐　奩鏡冷離鸞杳妝閣拚釵分早算幾番
拼擋鄰道纔了職代陔蘭謀色養教傳灰荻邀旌表抱
父心常共月爭光千秌皎
杏雩天

遠香弟自都中歸茶話清宵因塡此解

五年離索情無那喜重向尊壽團坐香韶如水休輕過新句聯吟同酥　思往事蘭因絮果空誤了名繮利鏁譚深銀蠟紅彎墮窗外雨疎風大

蘇幕遮

小慶夜坐

竹風涼槑雨霽澹月當慶慶上人孤倚顧影傷懷無一語打疊排悶沒箇排悶地　惜芳時憐別緒鷰去巢空那得香香住離合如雲風散易酒洗詩脾只有消魂句

金縷曲

余自九歲學詩詞迄今二十餘載近得咯血疾

强或一吟輒不成寐遂爾戒作歲云莫矣憂從
中來偶塡此解不復計工拙也

鐙下閒尋憶記髫年便學哦詩吟情偏適一自琴調香
閣裏題徧彎時月夕渾未許究陰輕擲詎料瑤京人去
遂望垂楊路斷重泉鬲淒絕也鏡鸞隻　事隨雲散空
陳跡最難禁百病攢身千愁交集搜索枯腸成一字頓
使瘦覓敧側縱信手塗鴉難黑筆墨清緣猶少福歎餘
生畢竟成何益相對處藥煙碧

邁陂塘

壬子二月舟次姑蘇欲游不果即事有作

聽咿啞柔波打槳東風歛放孤艇笙歌七里山塘路誰

向紅慶斜凭渾不定愛鬢影妝光慊搭交相映閒情重省歎磨劍池荒采蓮人去剩有月華冷　清游甚偏奈歸心燃迸渡頭夕照催暝此來偷被鶯彎笑笑我彎時常病憐好景總收拾詩囊卻也饒清興前期遥訂怕春色三分栁絲千縷飛絮糁香徑

沁園春

詠七字

北斗闌干猜是銀河三更四更記涼瓜食候蘭期空誤巧鍼穿處弦月將生里數山塘賢酉竹埸若箇才華展步成無聊賴學盧仝茶癖風味偏清　畫慶十二春晴算五處閒局嬾未登愛寶釵徐整閒情脈脈琴絃低撥

幽韻泠泠扶下香車織殘襄錦六一鑪紫碧篆輕於中意付詞人秦柳寫倚新聲唐詩聞燒六一鑪

惜黃花

對鞠次家大人均

曉霜初逗嫩寒微透愛離披幾枝攢秀屏護寫陰疎嫌捲西香久耍未許蝶窺蜂誘　黃昏清晝酒邊茶邊鎮相看澹無言箇人同瘦麗句被催成好景休輕負總記取葬爍時候

浣溪沙

螺髻晴峯歷歷排爍凭無際鴈飛來登臨騁目愜幽懷

吟對黃花人共瘦香浮綠蟻酒初闓一嫌疎雨落松

欽

碧雲溪

聞鴈

風颸颸鴈聲冷喚蘆彎炼蘆彎炼𧀭沇别浦鐙炧南慶
太時繫足書空修而今隻影牽新愁牽新愁幾回忘
了又上心頭

江城槑彎引

風敲林葉響疎窗怕昏黄又昏黄祇覺羿寒𣾰透薄綿
裳紅颩疎彎鐙欲墜鴈鴻遠一聲聲喚斷腸　斷腸斷
腸漏偏長墨幾行泪幾行𧀭乜𧀭乜𧀭不到殘月空梁
何限情懷閒自倚銀牀自歎工愁兼善病消瘦影似黄

花冷耐霜

賣花聲

冬至龢悔堂弟均

林雀噪新晴曉寥初驚淚淚斗帳峭寒生早是黃眯闤遍了香透疏屏　綠酒且閒傾醉也還醒繡絲欲理又關情祇恐添將愁一綫說與誰聽

一枝旾

清明日坐柳風旾水吟舩聽雨用周草窗均借兩弟同作

作暖欺寒釀清明潤逼慊櫳疏雨芳晨暗數負了惜花情緒遙山送翠似愁鑠一痕眉嫵閒坐到旾水吟舩卻

喜雁行同聚　思量踏青何處任東風弄柳都成柔縷
頭綱活火好與細評茶譜新晴欲乞怕天際濕雲猶妬
聊聽取嬌鶯絮閒一雙軟語

琴調相思引

吳茂才屬題其令妹雪庭聯咏圖遺照

漠漠輕寒糝玉塵吟香咏絮謝庭曾幾多清興付與畫
中人　鬟月韜輝蘭漏永瑤雲弄影雁行分封胡愁思
餘泪寫爲冤

法曲獻仙音

爲織雲題撫琴圖

涼浸梧雲翠搖竹露寫出清虛仙境睡鴨香初苓床繡

罷蛩吟綠堦苔淨有無數鶗言處么絃撥烣暝　碧窗靜按聲聲玉徽都應鸞鏡裏偏奈舞迴隻影君自遣烣心怕烣遍還有人聽玉宇璃廔喚姮娥同耐孤冷把瀟湘哀怨付與此時消領

一葉落

紫鸞語晉將么小廔此際甚情緒撈慊復下慊慊莽歛香絮歛香絮數點黃昏雨

桂殿烣

題黃雪女史照

彎徑畔畫闌東一天烣影落梧桐石絃閒倚玲瓏曲銀漢無聲月正中

瀟湘夜雨

李壺圃太守屬題管夫人畫竹

松雪齋旁鷗波亭畔倚吟綠淨無塵休將芳艸怨王孫珠腕寫千枝碧玉鵝絹翦一幅寒雲還應有瀟瀟雨意細撥秌痕　文湖州派想隨承旨徵譜閒論任吾家私印倒押朱文看最好烟梢鳳尾吟不到月夜湘竜猶贏得香凝燕寢珍護璽長新

桃源憶故人

寄懷閨友王麗則

松濤聲雜瀟瀟雨六月溪塘無暑彼美人兮何處日對相思樹　兮時翻悔會相聚添得者回離緒目極行雲

來厺脈脈繇誰語

蹋莎行

題綠波春泛圖

負浪歛香鷗波弄影栖絲碧草春煙暝蔚藍倒寫鏡中天盈盈著箇蜻蜓 鴈櫓頻搖吳歌閒聽綺懷觸處饒吟興底須顏色寫桃雩椛廔人與雩相映

風入松

吳門金纖纖擅吟咏適陳竹士茂才有虎山唱酬詩甫及年餘而纖纖物化竹士欲作虎山尋夢圖以寄意忽得陸定子畫幅若預爲留贈者翰墨因緣信非偶然乞王夢廔先生爲之跋并

索題

澹煙疎雨惜昔陰佳話記聯吟虎山橋畔來游路一絲栁一寸愁心鏡裏艮緣鶼再畫中幽寥還尋　百年遺跡到而今天意付知音珮環歸處瑤池遠有空闈乞感人琴何況多情潘令泪痕應漬青襟

蹋莎美人

冬日喜接畢素溪夫人札塡此寄懷

鐙吐紅英雀喧碧樹瑤華遠贈加餐語心隨江水向東流記得桂粤香裏棹扁舟　桐檻煎茶風㡘詠絮生無仙骨留鶼住（曾約余同請乩仙不果）別來消瘦不關秌爭奈詩囊鶼貯幾多愁

金縷曲

哭程氏女甥

道遠情鶵已憶當年掌珠憐惜隨親旋里一霎霜催萱草萎背裏晨昏流涕算只有楷庭堪倚粹玉盈盈欣漸長早蘭言粵笑嬌無比吟與繡總能記　人生泡電原如寄最傷心璚枝歛折烌風偏厲渺渺䰟游應索母轉得相逢諸弟苦地下偕歸無計女甥三弟俱先夭折待賦桃夭緣忽斷對遺容倍感淒涼意女甥許字閩中丞長孫擬于明春遣嫁今來展奠定鶵爲情歌至此泪痕洗

惜紅衣

題姚蘇卿表弟觀荷圖

翠蓋搖煙紅衣墜露水天如鏡小院生涼亭亭弄秌影雕闌十二㡘撈處風來都淨閒省少箇畫船泛西湖佳景　無言獨凭心事誰盟瞑鷗寥初靜吟情幾許不奈扇紈冷好是碧筒微醉一縷暗香斂醒倩卯君詞管寫出者回清興圖即其令弟所寫

蹋莎行

題王述菴先生三泖漁莊圖

鷗浴明波煙梳細柳釣船泊近漁邨口江鄉八月泖湖秌持竿有箇詩翁瘦　虎帳談兵鳳池待漏歸田好是蓴鱸候生綃寫徧輞川圖無邉清福閒消受

解連環

丁巳閏六月初七夜爲牛女解嘲龢悔堂遠書

兩弟作

寂寥亭榭正桐陰斂碧月鉤低挂算好景已届仙期奈緣阻新秌閏逢長夏數鬲三旬料未許鵲橋先駕盼織雲四卷耿耿銀河素影斜瀉　頻催漏聲幾下想天孫此際離情黯寫爲寄語莫漫縈愁譬靑女姮娥一生常寡小别無多又奚必織停梳罷惹人間畫樓數處納凉夜話

殢人嬌

題曉妝圖

雨潤桐窗風撩蓉帳驚睡起露蛩聲響曉妝欲整含情

半晌無一語悄把鳳釵戴上　濕翠猶凝露紅齊放任雛鬟摘彎閒賞鏡圓窺影瘦非苒樣問畢竟秌來爲誰惆悵

瀟瀟雨

本意

黃槑苒逡雨苦兼旬歇自帶秌聽早沈塘水滿負蝦欲上鷗鷺堪盟偏是畫慊深捹簷際瀉泉聲六月生秌意翠衷涼輕　記得西窗舊事慣挑鐙款語共譜茶經柰秊華如矢清寥冷桃笙任氤氳鑪篆香細暗撩人幾許別離情無聊賴把金錢卜甚日新晴

鵲橋仙

題織雲寒香瘦影圖

一林烁影一天雲影漸見冕華圓了天香瑟瑟廣寒虛
早有箇尋香人到 衷羅翠潤襪羅涼透此際吟蹤偏
悄較量清興戛誰如算祇許姮娥同調

行香子

詠栁

渡口橋邊陌上慶苒碧參差弄影堪憐并刀裁出二月
旾天看乜宜風乜宜雨乜宜煙 高颺烁千低拂吟船
最消魂折贈離筵靈龢殿裏別樣爭妍愛幾回斜幾回
起幾回眠

清平樂

題墨蘭畫幀

幽貞如許只合空山住瘦影愁痕無著處一片瀟湘煙雨　墨雲斂墮生綃清香暗襲吟毫移挂琴檯斜側夜涼伴讀離騷

西子妝

題蕊宮花史圖圖凡十二幅寫四時花卉諸女史就其性所愛者各指一花爲記亦佳話也袁簡齋先生作跋吳竹橋太史徵詩

瑤艸含香琪花吐豔巧綴蕊珠宮殿闌干十二碧瓏玲鬭妍姿玉人憑徧低迴眷戀恐花也羞窺人面自鋤雲把好春常護休教斂散　新妝倩翠羽明璫影若驚鴻

現披圖我欲覓青鸞步天風祇慦緣淺情懷耍羨道佳句吟來百鍊算千烁韻事金閨妙擅

晚香居詞卷下終

瘦吟詞

瘦吟詞

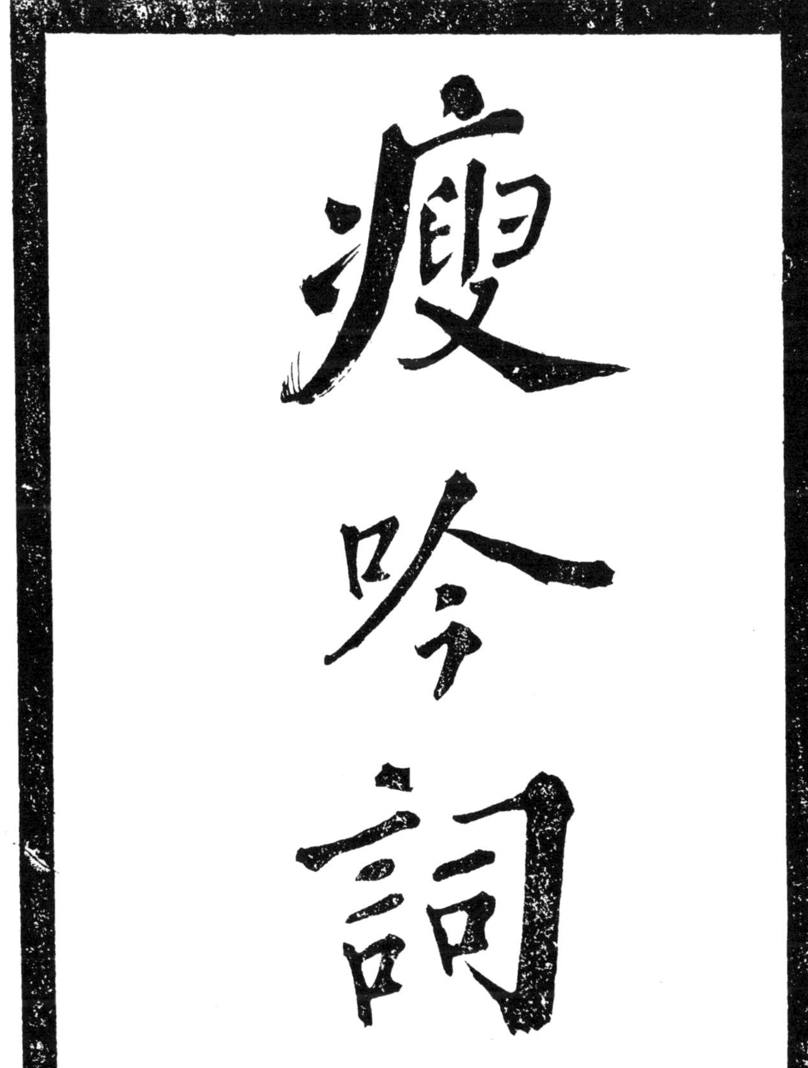

瘦吟詞

青浦許淑慧定生譔

蘇幕遮

竹煙斜蘭影瘦露溼無聲琴底西風透撈丁珠慷還侶舊曲檻重憑腸斷清砅後　往時歡何日又鴈字飄蕭雲冷金颼驟猶記昨宵聽玉漏今夜挑鐙獨自雙眉縐

前調

重昜

畫屏空香閣靜菊酒盈樽懕怯新來病一霎西風歛又暝細雨星星做出重昜景　竹稍聲桐葉影澹月穿雲雲破砅空冷宋寞闌干還獨凭無限消魂卻把琴鈿整

荷葉杯

落葉

落葉堦前堆積悽惻慊撈夕昜紅一番濃綠又成空那

不怨西風　岑寂畫廊閒繞妹老慶上月朦朧新愁舊

恨萬千重腸斷晚煙中

昭君怨

日莫天寒翠袖妹思秊秊依舊桐葉舞西風亂煙中

十二闌干凭徧底事離懷鵑遣愁緒上眉峯懮無窮

一翦梅

送別江蕊珊妹

細雨寒林灑驛塵妹思紛紛離思紛紛送君歸去更誰

親行也消覓坐也消覓　回首鷄牕笑語頻昨日黃昏
今日黃昏闌干月影寫愁痕鬲斷重雲望斷重雲

前調

憶蘂竹君姊

澹月玲瓏映竹林欲共幽尋誰共幽尋曲闌干外薄寒
侵蟲也閒吟人也閒吟　芳景當前恨轉深不是秌心
卻是秌心焚香獨自理瑤琴待覓知音鶼覓知音

如㝱令

畫竹

石罅新篁半吐慊底綠雲微度昨夜小牕紗添得嫩涼
如許聽取聽取可侶瀟湘秌雨

菩薩蠻

斜暉漠漠東風驟綠陰影裏雛鶯瘦羅衷薄如煙江南三月天　庭堦閒佇立好句猶鶤覓何處按笙歌聽來愁轉多

卜算子

畫菊

松下短籬邊闌謝都無主畫出淩霜一點心不怕風穌雨　著蕙染生綃秌影淺淺許試問羅含宅裏斝還侶當年否

玉廋曺

畫牡丹贈謝淑眉世妹

名花過雨煙光溼淺白深紅渾一色五雲慶閣畫陰陰
百寶闌干春宋宋　天香暗惹題花筆仌絹輕盈芳影
窄畫成持贈問誰宜祇有玉臺人第一

如夢令

題慈鬘夫人賺花山茶畫軸

昨夜江鄉夢醒紙帳一枝香冷更有曼陀羅伭伴綺牕
春影閒省閒省人日畫堂煙景

前調

聞道南園春晝鳳子飛來還又孤夢繞天涯誰念綠陰
消瘦依舊依舊腸斷落花時候

浪淘沙

寄竹君姊

江北蓼汀秋天自悠悠一生離恨幾時休聽到夜深更漏轉點點點生愁　雲影向東流月上邗溝何時同泛菊汀舟說盡相思千萬語纔下心頭

浣溪沙

題照

衰柳江南感舊遊謝家池館正新秋不堪回首向西州往日風光猶自好少年心事未全休綠陰如水恨悠悠

清平樂

詠西瓜

緑璚圓潔炑水紅欠結飽食且須除內熱莫問豳風幾月　當季玉椀金刀分甘曾趁良宵又是炑期近也不堪歸路苕苕

菩薩蠻

殘菊

泠香獨抱煙痕溼落英滿地空陳迹慊捹㱏西風小愡炑露濃　憐宅消瘦影也伯深閨病晚節耐霜寒無言空倚闌

卜算子

畫山水

落日晚山炑楓葉稍稍響行過溪橋不見人白鳥沖煙

上　涼翠撲輕衫獨自閒來往聽到疏鐘薄莫時宋寞
生遐想

疏影

詠菊影

繁霙侶雪正晚風悄悄吹上檐鐵開徧東籬斜月初明
枝枝瘦影幽絕流雲千點璚英碎看細蕊龢霙一抹任
敎它玉女胥蔥鏡裏總鶗攀折　怊悵星河欲曙露寒
翠裛薄幽恨空切短籬淒涼不管生憖舊恨又還重疊
依依莫把銀膚度怕轉眼韶光催別待夜來攜酒霙閒
重醉昔年風月

滿江紅

聽雨

慊幕輕寒虛閣外萆煙如織最苦是黃昏細雨乍停還滴不管愁人腸易斷碎聲偏在窗稍急縱青梅酸盡一吾心誰堪擲　芳恨遠眉峯窄淸淚揞吾衫溼算今生消受孤燈岑宗香漏茗茗吾暈淺綠鬆靜揞梨窗白待夜闌雲破月來時歛橫篴

點絳脣

獨撈湘慊埀楊綠徧天涯道杜鵑聲悄耳畔添煩惱閒處愁多靜處知多少吾將老落窗休埽猶有芳情繞

菩薩蠻

壬辰閏月九日復同師氏二妹登禹王臺看菊

層臺高聳青霄碧冷雲低護雩光溼攜手共徘徊尋烼雨度來　烼淡淡幾許木葉霏如雨佳節又重易風生落帽狂

浣溪沙

雩揜重門恨已休粉雲曾綰玉搔頭冷香蕉萃不勝愁重向生綃摹倩影也同芳苑感清烼黃昏疎雨寥悠悠

風蝶令

鄭蘋香大姊已詞見寄卽龢原調奉酧

蟲語蒼苔冷斜昜雨過天烼光到此最堪憐正歎無聊喜奉小鸞箋　多感纏緜思含情寄短篇又添愁緒到

吟邊卻是海棠蘤落滿堦前

前調

題畫蝶

纖帉鋪雲毯輕翾綴錦衣晝淡日暖愛雙飛不管冷紅落絮送晝歸　舞怯香嵬亂兜迴扇影低粉痕漸褪瘦來時爭不教人相對惱芳菲

瘦吟詞

浣青詩餘

浣青詩餘

浣青詩餘

毘陵錢孟鈿冠之譔

蝶戀花

著雨林花紅暈溼風裏殅絲歛入眉峯碧緑徧池塘芳草色催歸杜宇聲聲急　病起緑窗旾事宋何處畱旾淺院濛濛月金縷歌殘檀板歇海棠㝱醒梨雲白

浪淘沙

題畫

秋色落柴關心與雲還斷橋流水碧潺潺囘望千峯嵐翠合策杖溪灣　地僻鳥聲閒白石橫灘林泉容與看飛鷗何事鏡湖賒月色爲浣風顏

百字令

早旾即事寄褱弟媜循之

薄寒料峭正槑雩索咲離褱如織一夜打窗風雨惡不忿乳鶯饒舌青鏁眉峯旾歸芳草辜負卤園蝶闌干十二曉來還掛新月　遙想京國繁華豔昜風景朢裏雲千疊可耐相思睪遠寥又被綠楊低曳舊事嬉游宅時唫賞勝地俱陳迹撥巢旅鷰呢喃似向人說

澹黃柳

晴光豔漪歛上修眉碧𩏂倚東風困無力三疊昜關唱偏休折盡河橋旾色　正岑宋絮雩飄似雪問前度章臺陌但麴塵暝颺游絲拂金縷拋殘鶯黃微褪別是閒

消息

楊栁枝

送許從母

爲倩疎枝繫落暉黯愁眉津亭攀折思依依愔銜巵

回首白雲千萬壘魂欲絶含情江水碧參差兩心知

眉峰碧

送許表妹

何事歸驅飆急蹙損眉峰碧執手相看意欲迷爭忍向河

橋折　莫栁催行色離思愁如織相見時鶼别叓鶼從

今好𡪢分吳越

十六字令

曛幾曲屏山掩萛雲銀河悄新月暗闚人

滿江紅

立烼

烼到銀牀闌干外萛雲千壘凝望眼一天涼露斷蟬淒咽玉宇猶涵遙海霧金風欲動高梧葉耍誰家少婦倚樓時聞孤篴　楊柳岸蔆歌歇搖落盡江潭色倩長繩鶵繫儘教虛擲紈扇不須憐素影銀河亦自傷離別問何人歛徹玉笙寒眉峯碧

卜算子

新烼

新月掛高樓一點闚人小是處嫌櫳是處風惟覺今宵

好　天澹失明河片片涼雲悄屈指星槎幾日通報道
秌朞早

鵲橋僊

七夕

仌蟾初吐銀河如洗閒卻機絲多少金風玉露不多時
生怕是曉星上早　油盒試卜鍼廔暗度兒女芳筵競
禱盈盈鬲歲一相逢更那得工夫賜巧

月華清

中秌

碧海流輝璚廔倒影珠𢅤一片初卷河漢迢遙冷浸虛
皇宮殿瑤天迥雲靜無聲金鏡滿月明誰看閒盼想南

慶舊事風光何限　回首天涯㡾斷正塞鴈行歸玉簫
聲遠病悰炼風霜信早摧紈扇問省日幾曲闌干可還
記倚闌人面纔綣只天邊娥月多情長伴

傳言玉女

題玉女采芝圖

弄影丹厓咲把玉芝容昇五銖衣薄倚回風如許蓬山
何處一片綵雲旋吐搖溶出水輕盈曳霧　回首瑤宮
記霓裳曾按譜大羅往事問歛簫伴侶娥眉蕭颯只有
月華常駐情多無那珊珊歸去

兩同心

自題紉炼小照

露滿高梧姝光容弇茳闌干誰逞膂肢展芭蕉欲分眉嫵謝姮娥早付天香婆娑潑護　別有幽馨盈掬繫情湘浦掩映處幾疊屏山消受得芳華如許君看取風葉含丹月波流素

浪淘沙

題槑雩士女小幅

冷豔倚娉婷幽履鶍尋臨來素月寫空明何處珊珊遺佩影浸入槑魂　紅衷太輕盈小立閒庭東風幾許最闗情索咲相逢知近遠一片雲橫

鳳皇臺上憶龡簫

九日

蕉萃黃雱蕭森綠鬢近來怕上層樓正關河苕遞鞠徑香浮迴首天涯人在多少恨一寸眉頭丹楓冷茱萸宋算雁字橫烁　凝眸黃昏到艺又疏風疏雨画角城頭念故園采价烁老田儔搖落江潭疏影登臨處目盡東流江南寒霜天素月供我離愁

酹江月

桐梢月下漾姓空如水天涯漭漭爲問鹵風緣底事做弄愁人蕭索秦嶺鹵連燕雲北亘棖觸情裏惡故人何處鱗鴻負卻前約　還念故國蓴鱸東籬烁色正繞南枝鵲風景還同人事异猶是宅時慊幕不盡山川無邊離思木葉蕭蕭落闌干十二助愁一片殘角

鷓鴣天

旾游

落盡罧雺空故枝柳條猶解寄相思絲絲入眉峯碧
乳鸎銜殘別院泥　煙漠漠雨霏霏赤闌橋畔水生衣
欲知芳草天涯路牛背斜陽出酒旗

滿庭芳

水僊雺

綽約雲環輕雲翠帶淩霜見此風流鉛華洗盡旾到水
晶屢遺我璚珠堪佩淩波步擬託僊舟空悵望江南月
夜含睇翠蛾愁　曉風寒素影沾泥凡卉對此應羞怕
玉釵低墜清鏡波流靨冷瑤臺何處僊蹤杳艺只鶍畱

瀟湘浦漘煙姓雪我弃爾爲儔

生查子

沓山落翠微梛色開青眼小立背東風蕩子穿雲轉

採碎碧飛雲團作相思藾芳草滿天涯此意凭誰遣

青玉案

杏雲

輕雲籠霧飄紅雨又取次沓如許沽色生香饒態度鳳釵斜溜月眉新約一曲山鄭舞　鶯簧燕翦紛無數淫鬢輕盈蹋雲去卻憶江南芳草路舊遊如寢斷魂應在煙梛迷離處

長亭慢

楊雲

似雲似雪渾無緒過眼韶光者般滋味數點霏微画欄飄盡向何許斷腸堪寄更莫問章臺路便折得長條已不是舊時眉嫵　遲莫望天涯漠漠忍見亂紅無數池塘夢醒倩鶯兒喚它重訴卻又被曉風歛去更淒冷一天煙雨算只有灞橋幾曲綰愁千縷

點絳脣

細雨簾纖曉來鶯子銜春去殘紅飄砌滴盡珍珠泪幾曲闌干憑損眉峯翠渾無緒天涯凝睇有個人愁倚

百字令

題張中翰夫人采芝養鶴遺照

珊珊何處向圖中猶見銖衣煙霧十二瑤臺清籟好謾
把玉芝容弆閒看梳翎相將弄影雅稱神僊侶軟紅塵
外東風歛上肩嫵　不道雩落雩闓縮晉無計過眼流
光度環珮江皋空寄恨賸有月明如素錦瑟塵薶瑤編
蠹食化鶴歸來誤天香俗問冷煙一片凝茫

臨江僊

題仕女圖

雲笈早鐫雙籍玉簫遠度淩宮鈿蟬蕭亂倚迴風赤霄
雙跨鳳璽覆翠梧中　回首釣天何處三山萬里浮空
佩環聲杳葬雲封碧鷄虛作畤青鳥若爲通
鳳臺僊偶

卉調

一片若耶溪水昔風洗淨鉛華苎蘿鹵厺邨人家澹煙籠薄霧新綠襯嗁鴉　惆悵蘇臺麋鹿凄涼吳苑鸎雩浪傳曾汎五湖槎青臺明月夜冷落舊雲霞　越溪豔色

㫄調

毳帳凄涼青冢画圖空誤朱顏蛾眉自惱鏡中彎黃金能作賂玉佩幾時還　落日牛羊影下月明故國家山鴈飛鵜到玉門關撥殘渾不似㝱斷大刀環　紫塞昔風

㫄調

長信宮中秌草履綦舊㝱初成當時辭輦動聲名君恩常似水眉黛恡逢昔　別院笙歌按徹夜涼銀漢空橫鹵風篋笥不勝情團圝金殿月迢遞玉階明　紈扇秌衰

壽調

寶輅迎來天上清風暗送香塵絳紗初試臂痕新雙嗁紅玉筋輕翦碧雲髻　鬟壓六宮寢曉芳菲譜入鍼神嫣然一咲沐君恩敢矜補袞力聊備卷衣人　唾壺紅玉

壽調

金谷繁鬟髻滿香迷錦障塵浮珍珠十斛換溫柔舞餘紅避影曲罷月如鉤　一封濃鬟委地千秌名爲君畱季倫原自解風流蛾眉爭絕代紅粉幾高樓　金谷香塵

壽調

勸爾回波旨酒九重髻色爭闘樓頭但賞夜珠來衛宫驅屈宋不及内家才　玉尺平衡文苑豪端光椒璚瑰

綵書寄怨冷宮槐景龍傳盛事風俗變鸞臺書慶韻事

寿調

一曲霓裳按拍海棠著雨初醒東風微度入雲屏催雩停小輦尋月誓雙星 環上羅衣褪斷烁槐冷落宮庭三山何處覓娉婷鈿釵空寄淚哀怨寫淋鈴 玉遂閒情

青玉案

詠蘭

含情一種清如許鎮雩伴幽人住嗁眼初開愁著露翠帶縈慳高鬟搏霧不倩鶯雩主 楚歌重疊蘅皋莫譫到恁言心欲素謾弄慊櫳淺淺護日長風靜綠窗微度褪入瀟湘浦

茶香閣詞

茶香閣詞

茶香閣詞

盱鄉黃婉璚葆儀譔

十六字令

醒聽得檻前溜雨聲纔驚寥欲記不能眞

閒中好

閒中好淡夜對銀釭琴語衆風細羅衣生嫩涼

南歌子

夜雨二首

琴潤音初澀香寒篆易消涼夜雨瀟瀟窗前清可聽沒芭蕉

小雨穿澄練輕風蹙淺漣寒似早春天單衫依舊怯換

吳棉

前調

柳暗蟬聲靜雩淶蝶夢酣碧天如水月光寒更有何人同倚玉闌干

夢江南

閑堦悄更轉漏聲闌瑞腦香銷金鴨冷闌干倚遍靜無言雲破露嬋娟

搗練子

落葉二首

飄上下落西東霜林尌尌不禁風一葉先驚秌信到教人長是恨梧桐

暝問誰向東皇誤傳芳信極目天涯素娥羞避影

江城子

落槑

風流空想壽昜曾喚棃雲㝱鸏分昨夜東風庭院悄無人倩影亭亭扶不起珠委地玉生塵　檀心一點倩誰温怨黃昏拭嗁痕月地雲堦何處覓香魂記否那回曾索笑溪雪裏拚重門

南慶令

自題小影兼懷侍蘐仲蘐小姑

芳㝱太忩忩情懷誰與同倚屏山兩箇懨懨何事近來消瘦甚已非復舊時容　相對不言中懨多意自慵耍

休教棄擲塵封宅日綵雲鶵覓處好番卓識春風

祝英臺近

靜壹主人宴飲湖上折槑萼數枝而歸憶季英仲嫂瀕行時欲作湖上游束裝不果對萼惜別不禁黯然倚此寄之

惜忩忩分手易宋算怨朝莫幾日東風春色頓如許探芳舊約蹉跎六橋煙柳未識我別時情緒　泪如雨一枝欲寄憑誰相對要無語水遠山長空賸斷腸句憐宅一段幽香繡幃今夜能否伴夢魂飛厺

如夢令

春色漸歸芳尌懋思暗鏁疏雨莫厺倚闌干㡘外輕寒

雩雩落雩落天涯數聲殘角

前調

嗁鳥嗁鳥催得碧窗侵曉枕邊香汗微紅噩㝱驚來起

慵慵起慵起又是莫昬天氣

甘州子

乍寒乍暖莫昬天槑豆小麥雩妍風梳碧栁一邨連遠

岫抹晴煙殘照外嗁鳥穌流泉

如㝱令

一帶晴山如沐十里濃雩似簇鷄犬靜無聲幽絕水通

茆屋搖綠搖綠門外數竿修竹

前調

曉向高慶凝望遠對枝枝紅釀暈起眼朦朧道是夫容
初放霜降霜降那是丹楓江上

江城子

烌雩

烌雩錦簇畫堂空露濃濃影重重闌干九曲紅裏倚人
慵輕暖輕寒慊不卷雲澹澹月濛濛

楊栁枝

宋寡悶堦夜悄時漏遲遲傳烌一葉井桐知雨如絲

殘寥闌珊人倚醉釵斜綴香銷瑞腦冷金猊畫慊垂

浣溪沙

初烌

露井高桐落葉疎黃蕚消息鴈來初夜涼風透碧紗幮

幾曲紅闌人倚傍湘㡘窣地安貟珠龍涎香燼博山

鑪

好事近

長春蕚

移傍玉闌栽幾茂簇蕚開炑曉雨潤燕支勻染點枝頭紅

小 嫣然錦爛鏡中粧朱顏四時好不斷繁英如許算

春光鶉老

浪淘沙

節序忽驚心重九將臨四時悲樂總由人若使椿萱今

健在佳節堪欣 椿對又凋零一載悲生黃蕚開處最

傷神從此葬將佳節喚喚作蕭辰

更漏子

睡起

碧天澄清露滴粤外數聲殘篴金鴨冷玉屏空滿庭烁影重　新睡起鳳釵墜幪卷月光如水羅東薄晚寒輕小闌人傍凭

錦堂春

栁外斜陽門掩粤閒曲水橋通小亭西畔疎籬短步屧儘從容　鴨唼浮萍聲細蜂黏落蕊香濃池邊小立微涼透一陣薌絲風

西江月

良夜風來小院遥天月到疎櫺相攜姊妹且同行踏碎一庭雩影　細葛衫黏宿汗輕羅扇撲流螢人閒暑氣霎時清身在廣寒僊境

醉雩陰

茉莉雩

翠裏仌肌搖澹月萬蕊豔晴雪沆瀣滴雩梢點入茶瓶綠乳澆銅葉　涼熏暝篛香清絕正傍梳糚髮偎枕簟醒時玉顫葳蕤絲紐珠毬纈

前調

蟬

窗碧陰沈天欲暮煙斷夕昜路一曲奏清商對冷頻移

暗曳煙滾處　闕城搖落嘶涼露叜月殘荒戍薄倖怨
齊姬飛入瑤琴彈盡烌千縷

踏莎行

中烌

一檯長天影涵烌水月磨明鏡亾壺裏金波瀲灩碎光
流嫦娥糕就新梳洗　烌色中分烌心萬里關城望斷
烌風起香飄丹桂入頗黎艮宵拚得慷邊醉

前調

玉簪雩

分植窗陰森森立玉天然澹茫幽闌曲香勻麝粉沁亾
筩長鬚細冐黃金粟　露冷煙涼丰神幽獸風姨月姊

貪糚朿枝枝豖就白瑤篸髻邊斜綴搔頭綠

鳳棲梧

烋聲

乍暖還寒烋欲茸不斷蕭蕭萬籟生庭對宋寞莎堦蛩碎語西風暗度殘更午　一桁帷垂淡院宇靜對銀鐙焰短留殘炬葉響芭蕉聲最苦瀟瀟幾陣黃昏雨

前調

重九

落木蕭蕭愁永晝烋雨烋風佳節逢重九饈字尋常鶼賭就風流帽落何人又　帷卷清香盈兩袖東黃壓疎籬鞠短烋容瘦幾度雩前闔笑口一杯酣醉茱萸酒

前調

秌草

靄薄煙昏添瞑色叫斷歸鴻何處傳書帛庭院荒閒秌宷宷離愁無限礁聲急　亞字迴闌人竚立短鬢寒生幾陣西風逼碎響空堦踈雨滴草山一帶凝愁碧

黃金縷

送春

庭院深深聞杜宇無計畱春拚送春歸去問春畢竟歸何處亂雲亂落楊雲舞　回首家山曾小住鬭草爭芳姊妹歡如許不道而今離緒苦尊前唱斷黃金縷

七娘子

七夕

閑庭永夜金風細看銀灣共說雙星會好夢今宵離愁鬲歲兩情脈脈從頭記　明晨還向璇宮裏算聘錢應悔黃姑貰畢竟儂家不同人世一季一度雲軿至

漁家傲

著意留春春又去海棠落盡紅如許睡起紗窗天正午愁無主銷閑只共鸚哥語　小院游絲飛縷縷淒涼又聽芭蕉雨憶得家庭春栩栩今索處惱人耍有騃兒女

行香子

寄表妹唐慧儀

相別多時相見無期記從前圍坐淡閨藏鉤研北刺繡

廔西正月初明雲初斂鴈初飛　亞字闌迴丁字慊壓
夜將殘寒透羅衣欲譜瑤琴鶤寄離思悵嶽雲遙湘水
鬲錦鱗稀

滿庭芳

江廔晚眺

雲擁遙青山拖殘碧暝色飛上層廔梻絲搖寥分綠挂
慊鉤何處書傳錦字南來鴈聲嘶蘋洲蕭疎甚煌棲岸
對蒼染半江烁　凝眸天渺渺飄搖楚尾心遠吳頭算
多少征寬空載扁舟怕聽湘騷寫怨銷不盡香草風流
蒼范裏燧痕界破飛起一汀鷗

鳳凰臺上憶吹簫

聽潤儀彈琴

如水新烌稱心良夜無端詩思盈囊正碧天雲褪月朗東廂聽得粲風竹籟一聲聲飛墮琴牀移情甚虛中嚼徵空際敲商　餘音入耳琅琅只仌絲幾縷手語都香念千烌塵網頃刻滄桒賴有寒泉瘦玉儘忘卻華屋黃粱聊共汝塵襟頓爽消受清涼

雯窗瘦影詞

雯窗瘦影詞

雯窗瘦影詞

海昌許誦珠寶娟譔

重疊金

寄外

亞檐紅綻荆桃小枝頭影閃相思鳥對鏡抹元綃遠山慵不描　愁牽楊柳月寥斷梨雲雪杜宇盡情嘑問君歸不歸

滿江紅

江行即目

千片征颿風送處驚濤飛雪空明裏金焦如畫競誇奇絕一帶紅牆禪喜地雙扉白板神僊窟是何人長篴倚

危慶聲嗚咽　繁華寥鶯孿孽英雄恨蛟龍血話六朝遺事雨蕭煙滅歷歷山光相掩映滔滔浪影無休歇待夜溪篷背舉杯邀江心月

秦慶月

孟湖道中借風挂席篷窗徙倚涉筆成章

秦郵路層仌凍裂溪聲怒溪聲怒扁舟顛簸浪雩飛舞烏篷傍倚心驚怖聯吟賴有歙簫侶歙簫侶戲拈紅豆共調鸚鵡

清平樂

舟牕晚眺次外子韻

遠山如睡禿對蒼茫裏隱約漁歌煙外起嫋嫋餘音未

已　荒邨三五人家柴門多傍槑粵我欲停颿小憩好
風飛送輕槎

貂裘換酒

一笑搴幃起笑秊秊擔風襆雪卸裝斯坒呼婢壁間尋
舊句已共萿磨蘚洗亟說甚碧紗籠此砌下蛩聲雲外
鴈一般般助酒窮途淚身世事總如寄　家山迴首逾
千里儘飽嘗炎凉世態病貧滋味筯劃金爐灰餤冷寫
出饑寒兩字算我誤聰明如是還願藁碪鞭早著宴璚
林索得金門米天許否此衷悳

南浦月

外子計偕畱滯都下緘書寄遠媵以小詞

書蠹琴塵劇憐風雪長安道一鐙孤照寥醒羅幃悄
衣食温寒兩地心知曉傷懷抱炷香私禱祝取加餐好
訴衷情
寄芸齋
未拈湘管已神傷一字一迴腸都將百幅藤紙半揾透
墨華香　傳書鴈太匆忙意徬徨怨情千疊别泪雙垂
併寄宅鄉
憯分飛
槀碪遠别書吕緘情
好寥鶼成負鴈杳鏡裏眉峯懶掃此恨凭誰曉撥琴譜
出想思調　千縷情絲如栁繞纖就離愁多少望斷長

安道一鐙侶豆搖紅小

如夢令

寄外

浪說瑟闓雙蒂寫入輕羅扇裏未到晚涼天已作秌風捐棄何意何意一語問君遙寄

薄倖

秌閨漏永顧影悽然涉筆成章封題寄遠

對迎風闘正㡘外新涼乍逗雁過也殷勤先問兩字平安有否記年時分韻聯吟瑤堦待月同攜手向竹裏彈琴瑟并瀹茗共羨神僊佳偶　最難禁分飛遂消瘦得腰支非舊鏡中顧形影悽紅顰黛丰姿憔悴難回首淚

霑襟裏聽蛩吟侶訴衷音慘偪鐙如豆離寬一縷入夢

尋君細剖

鳳凰臺上憶龡簫

寄外子京師

黃葉堆窗白雲蕤展西風殘照長安憑蹇驢孤跨長鋏

虛彈諳盡離愁別苦顦顇損太日容顏淒涼處思親有

泪歔洒鐙荓　堪憐空閨夜永聽點點炑鉦滴得心酸

念個人雲遠影隻形單惱煞中天明月圓如鏡故傲團

欒團欒想何時攜手共話悲懽

洞僊歌

白桃花

鉛華淨洗認人間尤物底事無言對明月恁文君瘦影倩女柔魂悲薄命同向東風嗚咽　江頭雙姊妹淺澹梳粧素手纖纖弄輕艭水暖鱖魚肥鬬豔爭輝看一樣尖肌玉骨謾寄語重來問津人早洞口昏深斷雲殘雪

昏雲怨

誌感

匆尼曉聒喜好音傳到泥金三捷柰是扃墻昏色細雨杏咢人自折攬鏡含顰挑鐙勻淚侶瘮如塵最淒切逐客天涯愁人慶上兩坋共嗚咽　逢人強解眉頭結試輕羅小扇佯遮雙蛾梁鷰金堂汚公泥魆妒煞呢喃兩兩于飛向人癡絕雨袖羃纖露柔肌瘦此恨向誰訴說

浪淘沙

丙子禮闈揭曉芸齋又報罷蓋已三黜於春官矣寄示一解次韻奉慰

鴟鶩亂池塘啄稻爭粱是誰竿木早逢場一樣玉昆鷄競爽苕水烏傷（同治庚午外子與仲兄並義烏朱蓉生茁生兄弟皆以同懷領浙薦今科蓉生偕仲兄同與館選而外子及茁生均此下第）寥短別情長淚滴千行莫言苒遂有沈揚勘破功名如泡影心地清涼

減蘭

沈倩雯夫人絢屬畫墨蘭便面並題是解

離騷舊恨雨夢煙枝餘墨醞楚楚丰神寫出湘波一點寬　水僊爲偶月樣玲瓏雲樣瘦清韻幽香莫是燕孃

淺澹糚

金縷曲

對月有感却寄外子京師

月色明如許助烁心流螢欲冷晚蟬吟苦百種淒涼千
種恨訴與嫦娥不語但宋宋清光來厺空外一繩雲雁
影侶傳情代把衷音譜盡韻急亂如雨 鸞飄鳳泊關
河阻想見那殘書蠹蝕敝裘貂補文字無靈金欲盡可
是紅顏誤汝失十里看雩歸路願乞天孫書姓氏錦還
時重賦團圞句天聽近定憐取

如夢令

口占

世事如碁如影閱盡繁華心冷苦海猛回頭別有蓬萊僊境淸淨淸淨空外一聲山磬

惱分飛

寄外

日轉萼梢糚嬾就駹翠淒紅罷繡悶倚闌干久一池波縠因風縐　𠫔歲扁舟同載酒来算離亭別後泪溼羅衫裏鏡中人比黃萼瘦

思佳客

寄外

曲曲闌干十二紅瀟瀟算雨灑簾櫳籬邊替瘦多情菊窗外添燈無賴桐　羅裏冷㤂西風相思兩字倩征鴻

玉容不是因箏減目斷長安夢未通

菩薩鬘

九月又圓家書久杳倚聲成句簡寄宣南

銀缸冷颭空閨影銅壺滴得烌寃醒欲向夢中尋山高水又深　水紋幽恨結山色離愁疊閑煞月團圞無人共倚闌

蕙鶼忘

感懷靖甫四兄

九月穿窗變流晶射縞光奪蘭缸素娥憐我獸畫閣伴人雙蓮漏靜篆煙涼聽鴈厺衡陽最苦伊寃銷瀚海影度邊磨　含顰不語神傷歎寃沈伏社讖散毬場兄出山時

廖有人贈句云伏社寃沈君子獄毬場音散美人羣竟成詩讖飽家空有妹寄遠不成章闕月白塞雲黃願早整歸鞅漫禱求心香一瓣蠟淚千行

點絳唇

過夏人遥吟炑恨積因度此闋吕紓離懷

月怨箏悲翠幨盪幪雲垔坨賦情將寄淚沁相思字獸撿溪闌且把絲桐理琴聲細蹇鴻孤唳影落瀟湘水

釵頭鳳

閨情

煙籠戶香成霧一枝疏影橫斜舞天瑩澈仌紋纈幾竿修竹半鈎新月潔潔潔　揮毫跐想思句研池潤到梧

桐雨經秊別離愁切露蛩雲鴈一般淒絕咽咽咽

醉落魄

外子久客不歸賦此速駕

綺牕月透一枝槑影如儂瘦脂愁鬱怨人孱僽有秊時別泪韆紅裹　焚香輕合纖纖手金錢暗卜平安否幾時早整歸鞍驟計算腰圍寬減定非舊

高昜臺

歲莫感懷

徑竹饕風園槑鬬月驚心歲序將更冷擁衾孤夜深好廫鶉成涼雲盪得鐙花碎半模黏碧閃殘檠最愁人臘鼓鼕鼕寒漏丁丁　秊時不盡團圞樂記烝符同寫柏

酒同傾一別天涯等閒換蟀移鶊朱顔鶈駐流光易誤青春兩字功名漫無聊嬾整金鈿慵理瑶箏

人月圓

喜外至

月明如鏡慊櫳靜驀聽遠人還相逢無語雙眸暗覷眾裏偏憐　最鶈消受有情紅泪無恙青衫蓮萼鴛頳䫋梨萼慘澹同是辛酸

點絳脣

閨怨

紫鸞歸來畫梁璹琩盧家屋對飛羣宿妬煞雙禽福顧影青流自惱顔如玉迴腸曲別愁盈斛泪沁鮫綃幅

憶秦娥

得外書

慊襲悄無言羞把菱花照菱花照愁眉懶畫鬧粧慵掃

檐前靈鵲聲聲報平安兩字來青鳥來青鳥柔情一

縷繫人懷袌

蝶戀花

春閨

晴旭烘花風繚繞媚紫嬌紅競鬭春光好蜂蝶戀香枝

上鬧羅幃好夢鶯唬覺　起弄參差思遠道一曲送離

溫得柔情杳瘦影瞥臨春水照眼前勝景皆煩惱

點絳唇

某上舍介芸齋索題行看子率成是解

妙筆沓風繪成豔李穠桃色姹紅嬌白小坐臨流石米價如何算問江東客誇標格岸巾簪幘名士風流劇

點絳脣

自畫墨棃傻面贈莫九嫂並成是解

沓透疏欞一枝晴雪酥煙冷乍斜還整寫出江南景姑射僊人清瘦呼初醒新妝靚暗香浮嶺明月搆身影

佩秋閣詞

佩秋閣詞

佩秌閣詞

吳縣吳茝珮纕譔

臺城路

紅葉

楓林坐晚霜痕染嫣然酒顏新醉驛路寃消吳江廖冷都是者般風味詩情漫擬侶付與寒姿冶宵爭麗半壁殘山斷赮橫抹夕陽外　長亭多少送客數程如畫本鞭影遙指豔卻非誇鮮宜著雨攬作厺聲離人紅泪休墮逝水便斂公開堦海棠秌比樂府吟來恐餘燄未洗

霜葉飛

黃葉

夕昜邨路詩筇瘦平林烋蕙如許天涯可奈感飄寙恁打頭飛處向晚菊籬邊認誤謾教倦客吟愁句只一夜霜華頓减了濃陰儘西風便歛厺　何况畫裏江南幾人家在此㞐歸棹無主那禁搖落好秊光散侶摶沙聚向羅椏邨頭且住柴扉亂逐昬鴉舞剩有著書身械械蕭蕭閉門聽雨

鎻窗寒

題夏令儀墨竹扇

露浥風凊猗猗萬箇澹搖空翠朧底蕭疎都是吴江烋蕙記横窗夜月朦朧碧紗篩影重重碎㲀孤鐙聽雨黯銷黿者籟聲徐起　增媚三分水便醉墨欹斜儘醫俗

味彈琴坐嘯想見幽閨詩思襯嶙峋白石蒼苔舊愁細寫雲煙裏怪無端篋笥拋殘不滅湘妃淚

暗香

詠槑

空山雪滿又攜笻吟繞疎煙籠岸不侶梨雲幾度東風怕斂散環珮湘妃跡杳思洛浦廖寬飛見倩醉墨寫影生綃籬落水清淺　殊羨漸昏轉試翠禽一聲酒醒人遠殘夕流澗一種詩情苦清怨宋宋巡檐索笑怎未許小紅輕換只夜靜聽鶴唳一聲天半

疎影

壽題

茶煙颺碧有疎箏數點寒郳山色寄跡瑶京濯魄仌壺問是幾生修得溶溶澹月江邨路郄又訝曉霜輕抹記依稀乍覩璚姿擬向廣寒宮闕　不斷淸愁縷縷寥寬戀紙帳鐙影明滅淺鬲晶慊冷拂銖衣恍對謝庭香雪素娥不慣人間住合伴我綠窗幽宋恁無端歛下罡風領叀一㖤標格

滿江紅

聽雨

已黑疎窗聽不了雨聲蕭瑟侶訴到別離兒女臨歧嗚咽點滴不堪鯀鴈下淒淸如向吟蛩說把銀釭剔盡不成瞑明還滅　雲黯黯籠纖月風細細透重幕正漏壺

欲斷簷牙猶滴侶我頻揮斑竹泪憐它碎盡枯荷葉儘
黄昏悽絶九迴腸愁重疊

露華

題聽秌讀騷圖

西風瑟瑟正滿院商聲獸坐愁絶一卷荃蓀對影釭煢
明滅憶到玉簟涼生況是候蟲吟壁閒堦悄蟾蜍挂空
冷露珠白　梧桐葉落遙夕訝幾許幽懷橫竹歛徹叓
穌清碪敲遍寒蛩詩骨剩與楚些招寃聊伴海天岑宋
空悵望瀟湘莫雲凝碧

齊天樂

蟬

綠槐庭院陰如許聲聲度來林杪翅薄風多身高露重獸把纖枝危裊哀音謾裊顧鬢影成絲暗驚烌早驀起涼飈曉窗繁響恐沈了　季季曾記聽處五更疎欲斷幽思多少冷咽齊宮凄迷漢苑身世西風殘照迴腸正攪憶歸棹橫塘柳陰吟繞賸取餘音砌蛩相觚好

齏音令 禁體

水仙

韭葉紛披蘭芽揜映歲華如許月澹銀屏雲寒蕊闕怎見烝煙雨　驀覩璚姿渾不語疑侶黃冠侶刺船人杳詞僊寱遠併作清商譜

點絳脣 禁體

天竹

一種篔簹紺珠萬顆纍纍結頌椒元日歷亂猩屛色耐此天寒何事因人熱彈九脫湘娥夜泣血泪看成碧

清平樂 禁體

山茶

空山雪霽怳見紅妝麗迎曉香殘宮粉膩悄觧槑邊風味 韶華並占冬昔錯疑巖桂苒身一捻清芬如許細吟佳茗佳人

憶漢月 禁體

蠟槑

天末音書誰寄消息故園闇未幾聲江篴度殘季恐有

銅僊墜淚　黄昬九月細怕暈㚢酒邊鐙灾一般凊興動揚州萛道嚼來無味

紅情

紅槑用玉田韻

無多昔色訝玉顏笑淺暗窺籬窰換了霓裳不侶羅浮舊相識薄醉朦朧未醒疑夜雨小庱遙憶算九九匂遍臙脂餘露曉栊溼　欹立帽檐側侶九英映人趁迎朝日鍊砂臏浟寒鶴低頭啄萿碧應憶洗多漸減仍泠裒夊竃如昔甚出塞聲斷續坐聞怨篴

綠意

綠槑用玉田韻

玉菭比潔正淨無可壓纖塵俱絕渡了煙江滌向冰壺
不與百花爭熱幽姿別染翠眉螺淺好畫取雪蕉同說峭
一枝占斷東風細字隴頭書疊　猶憶江南訊早嫩寒
倚翠竹彩裛輕摺瘦冷揚州吟繞西湖怎見小窗飛雪
蒼苔么鳳迷無影算一種暗香堪折待晚來木末遙窺
猶倡舊昔明月

臺城路

閒庭宋宋百花菲矣舊恨新愁殊不禁悵觸於

懷古

飛霙竟逐百花厺秊華暗驚催節瘦斷鶤連酒幾易醒
悵觸離宮荒苑天涯路遠縱消息青鸞好音愁晚數遍

闌干迴腸一曲一同斷　依依多少舊恨儘鵑聲啼老
鷞訴幽怨心字成灰眉山耍鎖怎說愁痕能剪湘慊謾
叠任蕉綠櫻紅幾番更換罷撫瑶琴又迴廊繞遍

菩薩鬘

茶煙

氤氳小院茶香細漸縈古篆疎慊裏無力只隨風輕颺
幾縷濃　虛廊撩鶴夢棐几鑪煙擁蟹眼謾評量敲棋
日正長

蒋調

蕉雨

綠天陰𦊝罩閑庭院鬲窗風雨愁凌亂五夜總瀟瀟新詞

一枕敲　酒醒人意澹寥斷屏山暗却憶宿江邊打篷
秌滿船

苒調　桐月

一鈎新月涼如許娟娟飛上梧桐對客思怕禁秌簫聲
何處慶　節風渾不定絡緯鳴金井緜露凭闌干夜深
么鳳寒

苒調　采風

林間謖謖無人覺山深一徑采彎落相對譜瑤琴泠然
太古音　翠濤空際卷静晝濃陰轉彷彿傍棋枰石牀

墮子聲

尾犯

江鄉無聊買鱸作鱠頗動歸思迺譜此解

西風弄暝又思引橫塘早催霜信白波徐動鮮鱗跳網渡頭人等故鄉小別繫住季鷹歸艇趁攜筐買向江邊日斜紅對風定　食譜而今須訂此彤胡味較勝正雪鬆酥膩細斫并刀玉箸低映奈蓴絲烝老只悄觚蜀薑風韻儘一箸解得淸饞酒邊滋味重省

憶舊遊

舟次吳淞水天雲澇雪意滿林扣舷度此旅懷黯然

認湖雲凍雨浦水摶人昔蕙蕭閒一抹疏林遠趁寒潮夜發又度重關江槑幾對紛駕詩思不禁寒儘古栖鴉翻平沙雁劃悵望山川　堪憐念鄉國只今宵酒醒寥冷刀環待譜湘娥怨奈刺船人杳易折人絃懊儂小海低按誰共扣吳舷恁宋寡篷窗清樽欵曲行路鶤

慧福樓詞

慧福樓詞

慧福慶詞

德清俞繡孫紩裳譔

解語雱

詠牡丹

繁華獸占豔色無雙尨李沓光賤玉人情傍東風裏錦幛半遮嬌面紅淺翠淺似碎翦斷霞千片應算來傾國傾城會向瑶臺見　不放蜂偷蝶戀倚新糚無語渾是嬌懶惜沓將半消魂處別有背人淺願華季似箭但歲歲雱時常健休負他酒滿金樽叓畫屏深院

高昜臺

詠水仙

衣鏤旾公香含煖玉珊珊影鬲慊櫳謾撫哀弦芳心原自鶼同淩波步韈空遺恨伴梅䰟澹月朦朧一憑它穠李夭桃占盡東風　嬌多不柰旾寒重要温泉浴罷嫩日微烘清絕無塵羞隨鄭婢泥中多情算解明珠佩問仙蹤何處相逢賸當時謝女苒身幽寥會通

齊天樂

旾雪

翠衾昨夜旾寒重朝來頓成淒冷密護璚窗輕霏玉屑疑把梨䰟喚醒瑤華糝徑怕草色青青惹人離恨醉裏凝眸算教顏色上靑鬢　庭空風力似翦玉槑依怨寂飛去相趁栁未三瞑旾無一半何事楊雩成陣飛霙弄

依岸積逐溪流故枝無計暫相畱若比昔雲還後落算
渠耐久到淡秌

前調

銀蠟燼寶香凝寥轉紗窗坐曉晴門揜梨雲淡院靜流
鶯時送兩三聲

憶江南

閒庭悄小步晚涼生雨過桐陰天欲霽偶來雲下聽流
鶯入耳便關情

前調

元日

天漸曉簾外聽嗁鵑紅濺槑雲廔外雨碧籠楊栁陌頭

煙春色又今年

前調

詠梳

修琢巧犀象並檀槽掠遍香絲珂響細颸慿纖手月痕高紅浸半規潮

桂殿秋

鶯睍睆鷰呢喃聲聲有蕙鬧春天窗前喚起閨人寢斷句吟成秪自憐

調笑令

送春

春去春去無計可留春住飛來飛去晴霞千對萬對落

如許無語無語誰識此時情緒

摸魚兒

寄懷侍蘐小姑

憶當初綺窗朱戸粃成青鏡同照而今久作關山鬲空有癡魂飛繞千里道曾記得梁園是我兒時到風清月好想酒滿金樽香濃寶鼎隨意寄吟嘯　年來事應愧浮生草草新愁添得多少良辰勝景牖怊悵滅卻舊時懷抱還自笑笑倚徧新聲總是相思調魚沉鴈杳已幾度 曾殘幾番零落幽恨有誰曉

聲聲慢

寄懷仲蘐小姑

聽殘淋雨立盡桐陰無聊靜掩房櫳傍倚屏山釵橫欲
整還慵消寬怕提起事惱蘭舟催發忩忩從別後任羅
衣香褪寶鏡塵封　膓斷歛簾院落自伊人去艿煙鎖
落空明月樽前相思兩處應同休教爲儂憔悴勸加餐
錦字常通空極目渺天涯雲水萬重

虞美人

䒿題

當時玉箋紅窗裏不識愁滋味無端一別各西東負了
闌干幾度月明中　年來折盡離亭柳贏得人消瘦雲
山總是萬重遮昨夜相思有夢到天涯

長亭怨慢

晉葬隨 家大人返吳下靜壹主人坐小舟送至城外賦南浦一闋見贈別後舟窗無事因倚此調寄之

正三月落粵飛絮歲歲蒐消綠波南浦賸有紅箋斷腸畱得斷腸句一江春水量不盡情如許欲別又徘徊但泪眼盈盈相覷 日暮縱歸舟不遠已抵萬重雲樹無暝強睡怕辜負翠衾分與想別後獸自歸來對羅帳淒涼誰語只兩地相思挑盡一鐙疎雨

洞僊歌

寄靜壹主人

無端一別隔雲山千里錦字緘愁倩誰寄算浮生總是

會少離多判負卻鐙下彎蒋月底　記曾留後約何事蹉跎冷落銀屏舊昔蕙寄語遠遊人知否閨中空望斷歸舟天際叓莫問相思幾多深廿不說相思者般滋味

泿淘沙

記得昔同游楊柳灣頭落彎流水兩悠悠莫道昔愁禁不起還是昔愁　款乃櫓聲柔廖廿鷓留輕寒翠被冷香篝睡起斜陽明雉堞錯認杭州

蒋調

七夕

風緊暮雲浮猷倚危廔傷心轉自恨牽牛何事聘錢償未得歲歲離愁　佳節喜逢烌靈鵲橋頭銀河風泿夜

悠悠莽道人間容易別天上鶼畱

青玉案

一樽淺注菖蒲綠漸醉倚屏山曲戲綰綵絲長命續瑤堦煙草翠嗛風竹庭院清無俗　輕衫乍換仌綃縠廿不學新粧束午睡醒來釵墜玉聯吟人厺對彎人默歸鷰梁間宿此與宜人端節同詠嗣後不復作矣思之泫然祁身識

傳古樓景印

傳古芸香

小檀欒室彙刻閨秀詞

徐乃昌 校刻

第七集
第八集

宿

浙江大學出版社

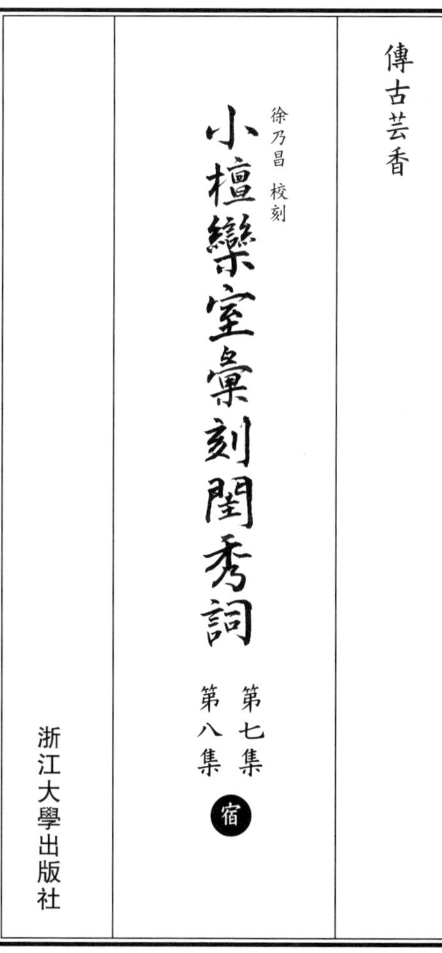

本册目録

玲吟仙館詩餘

冷吟仙館詩餘

冷吟僊館詩餘

陽湖左錫嘉公如譔

清平樂

寄懷諸姊

探紅剪翠。杳渺慊如水。慊隙度香香欲醉。香影被風篩碎。翠絲茸帽重幃。銀屏界破𤋮圍。長記別離時節。江南草長鶯飛。

憶僊姿

贈隣女

玉滴香渦紅靨。犀管試描眉色。簫底好年華。每到彎眉相憶。相憶。相憶。相憶。淚院月斜風采

錦字機邊紅女拾翠季時芳侶相送小蓮灣抱月飄煙

無語無語無語暗織啇愁如縷

菩薩蠻

秌閨

綠蕪偷長閒庭院幙波半窣銷香篆玉甃海棠絲紅香三兩枝 晚風埀罘罳小遲太公 輕衫薄誰翦玉瓏玲竹聲鏗畫屏

月明如水虛廊靜玉繩低亞珠幙影庭院嫩涼天雩枝瘦可憐 枕香紅印亂瘦懶愁無準銀蠋冷棋枰秌窗夜夜情

前調

杳聞

曉鐙明滅杳寒重暗風歔破離人夢夢斷蕙闌珊涓珠

餘豁彈　鏡波寒漾綠蔚影空棖觸纖手折紅蘭怕簪

雙鬢鬟

井闌曲曲梨彎院羅幃疊疊餘愁捲紫鷰乍來雙棟風

杳晝長　暗塵歔隙影往事何堪省小步轉彎叢嗁鵑

泣斷紅

憶秦娥

送三姊婉靜南歸

吳天遠鴈飛殘月歸期緩歸朞緩星河一角纖雲四捲

幽蘭露浥紅芽短海棠無力煙絲輭煙絲輭池塘夢

冷別離蒐斷

滿江紅

感懷

㝱裏江南問花事可還依舊恐怊悵東風如掃綠稀紅瘦滿丠烽煙猨鶴警掀天波浪蛟鼉吼恁忩忩歲月厺如流空回首　春厺也花知否人厺也家何有聽子規嗁血泪盈衫袖浩刧蒼茫天莫問浮生飄泊詩同瘦但一燈餘影說相思黃昏候

菩薩蠻

春晝

濛濛漭漭梨花雨喃喃紫鷰春風語眉黛鎖青山別來

糚鏡閒　翠螺銅雀研金縷鴛鴦釧點筆寫彎枝輕紅泛荇絲

雨絲風翦清明後東風着意搓煙柳雨過墨香濡裁書付鴈奴　小尨含笑齧心事穌誰說午篆尙冐香蘭閨旾晝長

醉旾風

柳

旾影津亭漾章臺何處訪一絲絲裊酒旗風颺颺颺罩雨籠煙飄緜拂水做些𢢀樣　遠浦遙相望遮莫添悽愴那回牽衷唱昜關悵悵悵青鬢誰憐舞腰新瘦別來情況

金縷曲

讀黃仲則先生兩當軒集即題其竹眠詞後

開卷光芒放憶髫齡草堂侍坐早欽名墍先生與先大父同里至交集中贈答最多太白壽身重入世依舊風流自賞便鶴立丰姿無兩不道僊才遭物忌只青山一例淡淡葬坏土畔碧蕪長　江南家在雲溪上想當年篝鐙課子白頭情況葛帔天涯歸骨遂應有吟魂悄傍但風雨蘧廬無恙知否孤弦音調澁共嗁鴞夜月淒黃壤畱鶴背篴聲響

蘓幙遮

苦雨

雨冥冥波瀰瀰積水空階隙坭成芳沚尺素無由傾驛

使淚泛飛雰目斷雙雙鯉　鬖㡘垂紅粉膩璅璅飛雰
點點離人泪吳水燕山家萬里夜夜思鄉夢在煙波裏

梧桐影

初夏二闋

柘葉濃蒲芽短天氣熟槑晴半陰吳蠶上箔將成繭
麥浪浮荷衣展風撈柳雰零粉香青萍貼水隨波輭

琴新月

七夕

一縷雲織三篙水淺月向雰梢斜挂閶了牽牛正新秌
良夜問烏鵲記否塡橋歲歲辛苦卻爲雙星催駕織就
機絲抵相思詞帊　度金鍼女伴聯吟社但偷乞巧思

誰多寡此際銀漢若若只玉繩低亞便今宵別緒从頭話知多少暗泪臨風灑料應省天上人間總離愁鷄寫

如夢令

烌思

蘭汁釃傾金甕未醉亂愁常擁涼夜看星河雩裊露華愁重如夢如夢枝上月寒香凍

風漾絲波鱗起目送雙雙紅鯉南鴈乜無凭悄悵美人烌水千里千里夢裊白雲鄉裏

別邊心情知否濃睡非關中酒丰骨太珊珊蕉萃不殊烌栁消瘦消瘦長是翠眉低皺

瘦比黃雩如許歎坐數殘叓鼓夢懶思如雲歲月棄余

何苦無語無語泪侶鬲㡘秌雨
門捹翠環負鑠繡幄香籠篝火蟲語怨清秌慊外紫桐
粵韠愁我愁我伴箇影兒淡坐

綠蕙

對槑有感

風淒雪警想南枝正好故山杳冷月又昏黃籬落橫斜
分付暗香疎影天涯一篴歔愁墮葬悄把芳冤驚醒悵
者番驛使遲來問訊綺窗誰省　回首鄉關刼火記曾
聽鶴唳倍添悲哽便許重來看徧園林不是當昔風景
而今雲水相思闊那耍惜玉闌孤凭且伴宅淺醉閒吟
索笑乜應還肯

菩薩蠻

不寐

珍珠罘索流蘓帳翠衾𦈉枕𢘿相傍展轉不成瞑飛雩香滿天　闌干紅屈曲露滴娟娟竹螢火鬲幨青錯疑鐙一星

夜深默坐𢘿如海月華皎皎流光練帶影下閒堦涼雩含露闓　銅荷紅蠟泪漏轉渾無寐何處白雲峯悠然度遠鐘

涼飈瑟瑟蘆飛雪𢘿連一片關山月相對不勝情長空鴈字横　井梧飄落葉蟲語嗚凄切此調叶清商倣成今夜涼

曉星脈脈疑私語荷塘露漬香如許殘月下庭梧雲痕澹欲無　微波詞謾託寶鏡闇糚閣糚罷自沈吟鬲慊環珮聲

點絳唇

㝱返江南

斜月三更薄幃夜捲西風冷半牀彎影宋宋悉鷄醒萬里關山付與紅蕤枕烽煙警音書偏梗㝱越羅彎嶺

城郭全非刼灰未燼蟲沙泣斷垣頹壁野火燐燐碧安得欃槍掃盡中原賊江南北幾行殘柳都是傷心色

梧桐影

晝陰

荳蔻梢丁香結門掩落花深院深游絲蕩漾明還滅翡翠環葳蕤鑠飛絮入簾春已深閒花背客嬌無那柳絮風梨花雪何處乳鳩三兩聲春愁喚上青青葉燕翦長鶯梭短人靜綠窗花氣寒園亭付與癡雲管

一枝春

憶別

已恨宵長怎禁宅扃巷疏碪敲碎飛笙作鴈無奈嫩涼如水鴛幃悄閉聽修竹譜成商斂凭一粟鐙翦炧心絮盡別離滋味　依然擁衾無寐便蘭篝香燼煠冤來未紅甤枕角溼透幾絲清泪三分酒病要拚抵十分蕉萃還只怕英武驚寒喚人早起

重疊金

白紫薇

綠陰深處藏春色，芳菲不借東風力。雩瓣太玲瓏，問心同不同。

冷香裁月魄，清影憐幽宋。虛白照空明，楚雲舒卷經。

臨江僊

白荷

僊骨珊珊湖上住，天然水珮風裳。不須濃抹靚昔糚。淩波微試步，的的暗生香。

月墮橫塘留瀲本，閒鷗夢亦清涼。拚將心苦駐年芳。但教參淨果，甘老水雲鄉。

一葉落

秌思

小院落秌秌陰薄夕昜一片畫闌角井梧已漸凋新涼誰先覺誰先覺滿眼西風惡

萬籟宋霜天碧月明滿丗夜砧急鴈飛紫塞遥相思無終極無終極寥破蛩吟壁

鳳凰臺上憶歛簫

隨外子之吉安府任途次感懷

薄宦相隨長征共賦儘多店月橋霜正曉鷄纔唱又促行裝歸寥將成又破雲棧遠親舍何方悲遊子門閭白髮日莫還墍　茫茫乍經宦海從此便抽颿也怕瀾狂趁者番風利飛送滕王誰識清貧太守空畱得詩壓琴

囊愁吟苦知君又添幾曲離腸

薏鶵忘

寄懷諸姊妹

風雨黃昏正翦鐙無語虛拚重門煙粵縈旅思雲對暗離寬裁錦字織迴文都付與紅鱗一任宅萍蹤聚散流水萍因　當年女伴知甚記同繙繡譜蘭麝氤氳蠶絲曾理緒鴨火夜留温吟綠芷咏青蘋閒卻了芳樽待與昔看粵節序莫厭來頻

菩薩蠻

秋閨

半塘玉露秋逾潔一簾風竹敲殘月人倚曲闌干瑤粵

壓兩鬢　長空橫鴈影人遠天涯近書寄一分愁蕭蕭

蘆荻秋

夫容鏡裏礬蕉萃海棠雨蘸燕支泪雲撈碧天長疎櫳

透薄涼　紗窗籠夜火兀自凝愁坐玉珮戛東丁微吟

偏耐聽

南浦

舟次滕王閣感賦

長江滚滚憶荐唐高閣駕飛虹道是當秊佳讌都督仰

閻公記否玉鸞歌舞正西山雨歇畫櫳龔笑我來遲莫

艺思僥倖神助一颿風　今日停橈煙渚嘆興亡無乃

太忩忩只有江天孤鶩飛傍落霞紅為問起騰蛟鳳叟

何人克繼舊詞宗只半潭秌影伴它漁火寥青楓

十二時

春思

紗窗幽窈低垂繡箔簾波微動春風獸無語怕驚它雩
寥　玉顫釵頭雙翠鳳壓眉梢侶嫌懨重季華數紅豆
問相思誰種

雙雙鷰

秌鷰

一季過半正雩底棲遲又逢秌社商量輭語欲別廿應
鶵捨閒煞風廊月榭叜那覓當時王謝西風太忒忽忽
海屋相思空惹　生怕淒涼客舍侶儔羽低飛自春徂

夏天涯人遠紅雨泪曾輕灑應待明年杏嫁許依舊珊
梁棲借須知盼爾歸來肯把畫㡘早下

菩薩蠻

幽憤

天風歛破夫容鏡鏡奩零落相思影烁水浸愁冤空餘
血泪痕　孤鐙凄欲斷素幔飄愁卷金縷舊羅裳依稀
鴛弃鴦

蜀山一抹傷心碧茗茗親舍南雲隔頭白泣孤雛雙雙
泪眼枯　問天天不語鍊石將安補月黑夜漫漫霜風
刺骨寒

輕攜八口舟如葉傷心沒箇慈航接生死柰何天吟冤

應解憐　巫山雲作障巴水風生浪素旐阻危灘白楊蕭寺寒

歸自謠

扶櫂舟次巫峽

山岦岌駭浪掀天天地窄峽聲倒捲蛟龍泣　哀猨四嘯驚鼋魄凭棺立愁心一片隨波急

杏雱天

浴蠶

湔帬波蘸蘼蕪碧冷雨釀新煙寒食青菜紫栢苞初坼楊柳杏雱巷陌　昔陰重唬鳩作宋纔上箔潤餘芳澤蠶孃早賽祈生色縷縷情絲纏出

採桑子

採菜

小家碧玉無糚束綠對陰中攜得筠籠曲陌長堤翦翦風　新條嫩葉從頭選纖手香葱人面粤紅襟裏歸來露氣濃

好時光

分箔

試看吳蠶瞋起纔過了蠶易辰龍女者番光簇簇餘香細細薰　此際須密省把翠箔及旹分五色畱佳種護惱費殷勤

一落索

上簇

討取三眠時候囷如煙栜神祠只祀馬頭孃疊鼓聲聲

又　滿腹絲綸抛負苦心知否白茆碧篠總無聊緣底

事徵休咎

滴滴金

下繭

番風廿四尋常過石泉新取槐火密密情絲身自裹悔

相思偏左　繅盆一一都安妥喜盈筐免租課如此辛

勤總無那算懋莫惟我

金縷曲

宵紡

纔盡絲千尺恁般勤分經布緯七襄雲織錦上易翻新
雩樣依舊愁淚佀昔看雪練濤飛盈匹軋軋聲中悲發
娟背篝鐙自拚幾宵泣心緒苦暗蟲識　怵聞我亦傷
心極坐淚耍寒侵十指幾曾拋得舊寥音明淒迷處空
對霜天月白僾霧縠煙綃誰惜宛轉離腸迴不盡謀孤
兒夜讀鳴機側無一語泪霑臆

雙調望江南

本意

懷故土鎮日望江南慊押香淚紅雨亂鏡匳怵冷綠波
涵幽思繞煙嵐　懷故土烽火劫誰堪鄉寥不離新病
杌㮆痕都滿舊吟衫雁影逐歸颿

海棠㫖

　詠海棠

是誰留下相思種睡未足喚回詠寥萆是倩魂銷瘦惱西風重　嬌嫵的的檀心痛問翠裹倚闌誰共滿地葬燕支露溼落衣縫

　　雨中雩慢

　　　孤鴈

水國詠淡闗山月落孤飛杳杳冥冥況風高木杪煙冷蘆汀异地悲涼已極故鄉消息何憑江城碪杵塞垣笳角無此淒清　棲遲何處悄悵當季空解脈脈惺惺休再說天涯隻影烽火曾經別緒抛原不得吟魂喚廿鵜

醒誰憐寒杍較宅長箋添倍傷情

憶舊游

寒夜呈湯季伯母陳季婉潘太夫人趙悟蓮

聽驚飈四起木葉蕭騷譜出淸商碧月無語任鳴機軋軋篝火星涼衆雛此昔瞑艸爭奈夜更長怕計算來朝塵封甑冷沒箇商量　傍徨孰憐我但醒枕低哀嘅碎寒螿幸有蘭閨伴向天涯傳訊差慰離腸舊事不堪重省贏得滿頭霜只獃立空庭伶俜顧影神黯傷

海棠春

本意

錦城二月雲如許簾乍醒昏陰壓住葬放海棠顚嫋嫋

籠香霧　紫棉薄薄紅絲縷向午夜燒殘蠟炬一味噬懨懨慊搒絲絲雨

菩薩蠻

柳絮

滿庭斜日晴煙澹璚瑤不借燕支染香影一團團還疑旹雪看　慊旌低拂處旹廿鶵畱住浪跡苦風塵隨波欲化萍

滿江紅

涼夜

雨雨風風偏又近重昜旹節叓愁聽寒蛩低訴者般淒切一味清涼詩骨瘦百端交集愁腸結且料量刀尺夜

鐙苒頭如雪　人厶乜音書絕烌厶乜芳華歇只愓今
弔古待餘誰說佀我𠯴蠶絲上箔惱宅風馬簷敲鐵況
商聲一夕戰庭柯身如葉

謁金門

幽怨

㶿𡪴醒月碎一庭雩影星斗滿天霜氣泠暗蛩嘅露井
望斷青鸞芳訊十載空懸孤鏡帶得三分烌後病背
鐙蓮漏永

望遠行第六體

蜀國懷古

繁華錦繡今何處玉壘珠江依舊浣雩人厶折柳橋橫

只剩斷碑殘甓怕聽鵑聲啼破一場春夢都付綠稀紅瘦對西山憑弔春歸時候　知否王孟故宮零落僾㕓宇盡成溪阜拾翠錦江踏青綺陌誰賞卓文君酒還幸夫容屏障海棠香國留得斜昜亭堠但雲低天莽何堪回首

點絳唇

寒夜諸女刺繡

一粟寒鐙五紋刺繡添金線鈿蟬釵䕨幸結蘭閨伴指冷於冰着手成雰片霎兒轉噬絨歛罷顏色評深淺

蝶戀雰

題胡蝶落雰圖

借問東風昔幾許芳草天涯一霎飄紅雨怪底鸎聲唬不住翩翩鳳子來何處　南朝剩粉銷金縷瘦到纖胥畫廿鶵描取說著遊僊應羨汝雙雙寥繞羅浮路

解語花

寒夜自製通草花感而有作

芫陰草草世界花花何處幽懷寫數椽鴛瓦霜華重課子一鐙初灺機聲軋軋公　只贏得淚珠盈把誰爲憐生計鶵抛翦綵消長夜　休說寒閨韻雅甚天然工巧奚辨眞假葉攢花亞檀心苦宛轉細薰蘭麝并刀試乍並不向東風輕借待賣來深巷明朝增洛昜聲價

滿江紅

浣花草堂

凭弔蒼茫衰草外夕昜殘堠空留得浣花詩老草堂依舊幕府十年棲息強兵戈滿地倉皇走只鄉愁併入蜀鵑啼頻搔首　花徑外昔星瘦茆屋底秋風吼歎詞人飄泊古今誰偶憂國文章知已汨傍遊身世成都酒甚而今景仰說詩王君知否

雙頭蓮

並蒂白蓮

拋盡明珠聽作歇吳歌碧天無際花閨並蒂正白兩纔過紅糊如洗侶此織就雲裳扇重重煙水鸞鏡底玉立亭亭鴛鴦料諳情味　皎皎不染汙泥試淩波劃襪香

塵微起銀塘月墜料此際儘許箇儂雙倚爲問一捻仌
蒐者夜涼知未但賸有宛轉情絲纏綿自理

滿江紅

答蕭太夫人宗婉生

月杵霜碪覺風送聲來庭對方夜坐一偏低首燭箏新
吐茗遞雲中勞驛使殷勤天末傳魚素作開緘細細讀
从頭叜三鼓　珠璣字琅玕句抵多少離情緒歎天涯
霜鬢一般茶苦君有璚貽音入妙我慙瓦奏心先許算
閨中知己泪尤多紛如雨

桃園憶故人

寄趙佩芸趙悟蓮

重衾寱冷流蘓帳一夜槑彎都放別後相思情況畢竟憑誰講　雁聲斜掠南慶上知否天涯怊悵十二闌干無恙夜夜吟寃傷

重疊金

壬午夏送岷兒入都赴試至賣店遇雨

一鞭斜指西風雨溼煙濃鏁郵邊對茆店卸征篷草蟲驚乍寒　鳥歌泥滑滑山翠濃如抹遠道思綿綿長安何處邊

㡘內幾缸㡘外月鄉情客思都淒切饑鼠暗闚人寱兒成未成　琴書還伴我兀自中宵坐瘦馬嚙空槽壯心千里遙

前調

骨肉親誼廿載重逢京華小住將歸定署離懷各悵因調數闋藉以誌別

忩忩二十季犇別蜀山何處鵑啼血燕市忽重逢悲歡疑寤中　流光驚電掣贏得頭如雪骨肉歎飄蓬問天天不應巳未別後象如科芝兩弟相繼而逝二弟媳猶居都門

涵烋閣上今宵月當季記得題桐葉昔四姊畹香寓閣左予與五姊芙江常相過從並穌落葉諸篇月尚缺時多人生當奈何　藤延虬篆古葡萄一架今又纍纍雩月叓新主此宅昔惲次山舅氏所居今繆仲英舅氏居此余與仲英舅氏在蜀相識頻承關愛表弟媳莊瑩如親如手足庚歲泣別蕙鵜重逢不蕙都門握手姊妹且言歡捻雩閭笑顏余在蜀以通艸雩生色瑩如愛而效之今相見各以雩贈

一鐙相對悲疇昔寒螿絮盡苕岑碧秌月竟重圓幾回攜手看中秌同四姊玩月殷勤還寄語草種相思對珍重再來緣相看各黯然

忩忩小住忩忩去臨歧脉脉偏無語果否學忘情丁甯訂後盟　加餐須努力負鴈傳消息驛路繞秌山白雲紅對閒

金縷曲

李蓉初二姊函訊近況以此代簡

未了三生債算天涯別離情緒最無聊賴鏡裏秊華容易老靑鬢絲絲暗改悵缺月圓昔能再歎我孤鐙偎影瘦聽哀鴻聲斷長空外欹枕想夜如海　秊來貧病都

堪耐只鶼堪參差骨肉瘮沈關塞高歲歸朞今未準知否糙虔久待幸入手負書先拆上滿腹相思還細剖讀从頭乍展𢢆眉黛翻喜極泪珠灑

鳳皇臺上憶歈簫

由都返晉作函寄懷都中姊妹

天遣悲歡𡉏經離合黯然竟巳都消記藕𨚗生日昨歲今朝一覺𡇒明好瘮涵㶣閣羣聳晴郊留虛座招雲歀月酒斝詩瓢　苕苕者番判袂長蘧裏關山木落風高悔不應輕別結想徒勞縱有負箋𩿧帛那當得同話涼宵涼宵永空餘泪珠溼透鮫綃

如瘮令

胡蝶

昏漾游絲庭院薄翼香黏粵片瘦影乞誰憐慵嫌底女郎闘見闘見闘見飛上畫羅團扇門閉西園芳草栩栩不離闌角上　何處是羅浮一縷廖竜飄渺休惱休惱滿地落紅誰掃

東風齊着力

紅石榴

細蘂新攢繁粵初放看碧成朱蒂凝蜜蠟皺瓣甓珊瑚照眼疑然野火明霞燦曉旭晴初池塘外燕支點染妒煞芙蕖　西極降丹珠風露夜阿誰綴徧瑛琚美人對立豔絕想帬裾省識黃昏月下芳心觱料廿鵝舒凝思

處臨風舞態慵倩人扶

鳳皇臺上憶吹簫

題宗婉生寥湘度詩集

好句如僊新聲絕妙碧雲歛斷參差把滿腔幽怨寫出蘭思天弆生雩雙管紗幔設韋母堪師夫人曾設帳課女子弟空羸得篝鐙一粟霜鬢千絲　遲遲鴈書遠闊搔首問雲天握手何皆況茹仌含蘗各有孤兒同向并州聽鼓琴堂靜合補笙詩笙詩外從今又添唱龢新詞

金縷曲

讀周石君太守倚月𢈪合稿詞淸意婉欽仰曷

淡嘉未識宮商素鶊合拍感今念昔不免悵懷

勉力倚聲猶懷錯謬耳

快讀賓瀕稿問君家當季箋譜賞音多少百尺廋頭明月滿緣底泪痕雙照料別恨天涯曾抱卻羨清才兼福慧有聲聲琴瑟賡同調餘韻歇畫梁繞　論交兩世落岑好怕重提東華聯巷雪泥留爪昔與先夫同官都門相鬲數武皆相往還素稱莫逆卅載滄桑增感觸知否杜鵑嗁老奈老尚風塵潦倒儻念故人猶有子勉循良最待三季報應許跨阿翁寵

蓮因室詞

蓮因室詞

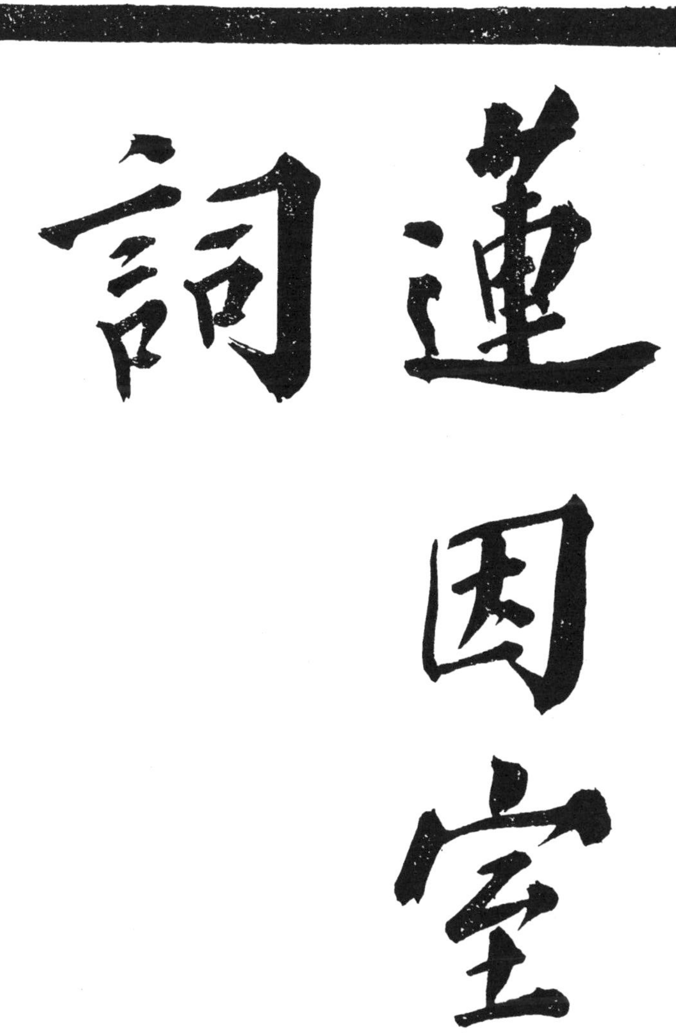

蓮因室詞

錢唐鄭蘭孫娛清譔

憶秦娥

舟中鄉思

風颿急鄉關漸遠雲山鬲雲山鬲鎮日思親無由解得
別離情緒從今識淚霄看盡燈花結燈花結滿腹牢

悉天涯行客

漁家傲

至吳門舟中晚眺

昏鴉陣陣投林黑好山迎面如相識閒倚篷窗心侶織
蒲颿直趁西風歛瘦來無力　斜照將沈煙水碧鄉心撩

亂大涯客鴈自南飛燕自北韶華易蘆笋兩岸烁江白

金縷曲

三月十七日乃孫補秊外祖父僊遊之辰撫今

追昔愴然於懷爰賦此闋聊當一哭

千里關山鬲痛慈顏僊遊太公乞今生永訣寒食棠梨風
共雨又是朞秊時節盼一弔靈帷鶵得寸寸柔腸非劍
斷夏行行淸泪如珠滴精衞恨杜鵑血　星移物換堪
悽絕悵而今南雲回首頓惕疇昔飄渺予懷天際遠潦
倒自憐羈客況塵世升沈鶵必聚散浮漚無定影歎流
光瞥眼如駒隙窮途感與誰說

明月生南浦

爲孫子竺弟寫叢蘭便面

情懷冷澹天涯客弄墨調鉛強作消愁策自歎窮途無長物贈君聊寫崇蘭碧　幽豔中含貞靜德抱道深藏不爲炎涼易珍重杳華宜護惜季季便面常相識

菩薩蠻

憶夫子

堊堊幨幙深深院繡牀風緊紅絲亂微雨又新秋客心愁不愁　登慶眉黛蹙江水依然綠酒醒一鐙燒離多寥轉鶉

酷相思

秌窗聽雨

蓮衣未褪星朞早柰風雨窗兒攪見寶鴨香殘鐙暈小人意思囉知道囉意思人知道　別後益憐相聚好甚歇自傷懷抱聽檐外沈沈聲到曉人厺也囉愁老囉謝也人愁老

前調

送夫子赴都

曉寒如煙慵欲睡又門外催人起問行李急急安也未君厺也留無計儂住也行無計　眼底離情衣上淚珍重長安此盼桂子香清秋月娟鴈到也涼須記囉放也歸須記

雙調南鄉子

自題玉窗旾曉圖小影

羅衷曉寒添纔罷晨妝撩鏡匳臉暈消紅眉減翠懨懨脩到梅𠌶亦可憐　𠌶豔尚如前詠月吟風句懶拈斜倚玉窗人倦也僊僊跡影清香撲畫幮

歬調

錦幪怯旾寒金鴨煙沈曉月殘一色𠌶痕清似雪漫漫着蕙相憐起早看　拍遍玉闌干似絮愁腸畫出鵝多謝傳神雙管筆珊珊顧影何須換骨丹

歬調

庭院雨痕收侵曉珠幮乍上鉤紅雪裝成香世界悠悠不是凝妝獸倚廔　回首憶前遊鑄錯何須說九州月

坭雲堦無限感休休萬點沓痕洗舊愁

菩調

香霧透紅綃壓鬟濃芬上翠翹强起扶頭心緒懶朝朝酒病詩魔兩不聊　記得放蘭橈香暖孤山雪未消悵故園雲路迴苕苕江北江南客夢遥

金縷曲

被酒歸來沓寒較甚客懷棖觸萬感紛如此時欲瞋其可得乎爰挑鐙拂紙作一百十六字時孟晉下浣五日

今夜如何睡倚薰籠香濃寶鴨燈明金穗瘦影偎人淸似此相對自憐明媚怎禁得頻年况瘁觸緒關心心易

感枉羅衫揾透雙紅泪燃如許幾曾醉　茫茫甚處蕹
憂垙悄黃昏半堦月色滿庭霜薏料峭昔風簾怕捞領
略無聊滋味驀聽得漏聲三次半臂綿輕釵玉冷靜沈
沈四下重門閉悲歡事忍頻記

臺城路

己酉正月十三日哭次女通兒

八秊繞膝今成夢傷心不堪回首掌上珠沈懷中月冷
恰是燒鐙時候都先依舊歎一現曇花罡風歛瘦盼爾
重來今生已矣那能彀　聰明怎偏不壽檢斷紙叢箋
泪痕盈裹女寫仿字甚工每見壁上對句必用筆摹寫盡善病前不遠猶寫數紙藏書篋中　飄
渺泉臺淒涼人世幾箇黃昏清晝茶前飯後每誤喚兒

餐寸心酸透空奠椒漿冥途知也否

前調

哭山雲姪

朝來忽接驚心報憶別光陰非久濟世才華匡時抱負天不假其年壽關山回首痛病骨支離吟箋猶衷調夫姪孫來信云病革時猶衷予詩句吟詠不輟此語淒涼予腸斷矣淚如豆記送歸舟時候感往日書來殷勤問又煮茗清談題箋餘韻正是小庭昔畫而今知否歎泉路茫茫空澆殘酒為賦哀詞衷懷已酸透

前調

寒窗人悄雨夜燈昏黯黯離愁盈盈客思信筆

賦此以寫悶懷

雨聲不盡離人恨宵來倍添情思抱影迴燈偎衾御髻待睡又還休睡消紅減翠歎聚散忿忿泥人淸泪縮坭無由柔腸不歛已如醉　黃昏悄然門閉正瓶彎玉凍鑪熗香細漏永寒添幃低風峭誰識此時滋味㷋來怎避想炑月昚彎碧窗幽蕙下九初三予懷渺天際

一翦梅

病骨初痊離懷易觸因寄夫子皖江信匆匆附書二関於尾

病骨迎寒瘦不支倚着牀兒偎着衾兒不言不語强支頤想起行朞望到歸朞　江闊天空鴈倦飛雨廿霏霏

雪花霏霏小窗風靜篆煙微蠋翦窗西人憶窗西

臺城路

季來蕉萃胥圍減無瞋每看侵曉錦幔圍香銀篝倚玉
風雨送春歸早天涯芳艸問別後而今怎生懷抱煞是
無聊屋梁月落畫屏悄　俊遊回首堪憶憶酒痕碧凝
蠋彎紅小篆裊凊愁塵封匣鏡絲鬢催人易老相逢最
好奈垅北天南夢雲鵝到欲寄音書雙魚江上杳

前調

壬子七月二十夜紀夢

銅壺蓮漏聲頻滴蓉枕夜涼初倦酒力消慵愁腸暫解
夢到何方庭院彎如人面看曲曲銀屏碧天雲漢玉宇

璚宮神僊莫是舊時眷　低徊者般依戀柰忪忪柔魂
曉風歛轉翠幙鐙昏篆鑪香澹藹落鈿蟬金燕琉璃匣
畔怕彈指華秊等閒偷換悶壓鴛衾裹羅鬆寶釧

轉應詞

寄禾中孫葆麓弟

明月明月記卲還鄉時節扁舟小住鴛湖茗帳天涯隙
駒駒隙駒隙回首俊遊愁絕

浣溪沙

細雨霏微疎燈明滅舊遊如昨人感重生幻膠
疑煙情悲隔世明明玉鏡晚妝慵寫雙蛾薄薄
羅衾瘦骨自憐新病瞢甕未死空餘舊日纏綿

炑燕慵飛已識營巢辛苦琉璃硯匣一任塵生
綺麗鬟晨何須慊務紅蔫綠悴好句遲拈月暗
雲迷畫闌怕倚雪鴻蹤迹浮生何啻萍蓬草木
形骸幻質非同金石塵緣雖悟客思鶵消旅館
清寥聊成短闋信筆直書殊不覺慼痕之淡也
悶倚龍鬚八尺牀鬲慊微雨送淒涼銀釭剔了又昏黃
寥欲尋時偏寐少事鶵言處最情長一不堪回首耐思
量

前調

題菊鬟傻面爲宗友石作

采采東籬菊正黃西風慊務近重陽揮毫寫得幾痕霜

雅韻廿如人蕙澹㛂容偏耐月波涼高懷晚節豈尋
常
減字木蘭㖽
爲宗友石畫梅
暗香清絕獨抱冰心幽韻別疎影橫斜玉作精神雪作
㖽　雲堦月坨回首孤山添客思寫向窗前疑是飛來
姑射僊
金縷曲
謝答張海門太史
落穽天涯客避烽煙東臯小住自傷萍迹故國苕苕千
里遠蕉萃低飛倦翮回首處流光虛擲謾說黃金堪作

屋柰立錐無地乾坤窄顧稚弱悵巾幗　塵沙撲面何由拭望前途茫茫身世不勝淒惻惟有高懷知拙計穩護一枝棲息勞雅意殷勤培植我欲報公鶉以報祇舉生感佩存胸臆吟短句藉采壘

前調

穌宗友石韻

捧得瑶華句向晴窗迴環雒誦瓣香重炷戛玉敲金誇絕調久仰先生名著雙管筆鸞翔鳳翥白傅高懷貪隱逸伴林泉種竹雲深處超塵境樂眞趣　閨中末學勞虛譽愧微才未工織錦鶉追詠絮辛苦天涯傷寄迹客裏季光偷度空寥斷故鄉雲樹不盡滄桑身世感悵窮

途飄泊誰青顧愁如許那堪訴

如夢令

題秋海棠便面

露溼玉堦時候妝點秋容消瘦試寫畫中看脂暈粉香盈裏知否知否清影憐它如舊

金縷曲

再疊前韻答友石先生

敏捷成奇句走龍蛇煙雲落紙蘭釭添炷斗酒百篇誰得似名共謫僊爭著非凡格所能隨翦雛鳳聲清應並繼定宅季穩步青雲處先生兩賢嗣俱頴悟異常不可限量萊衣舞得天趣　九齡稚子邀宸譽賜琳瑯珠璣一卷豈同吟絮襲

錦薰香常展讀此是慈航普度等七尺珊瑚璚樹以大
作示幼子并賜致言感何如之惟我俗懷殊絛絛索枯腸恐誤殷勤顧
陳腐語勉申訴

沁園春

為梅閣姊丈題美人小幅

乍展鵞溪忽驚鴻影依稀個人看雲鬟初攏澹妝增豔
柳眉如畫遠黛微顰淺暈紅腮香籠翠袅鴉綠單衫穩
稱身端詳處似當季何地曾見眞眞　嫣然別樣丰神
怎無語含情帶薄嗔任千聲低喚未迴嬌盼一鐙相對
鶵問僊津飛燕輕盈綠珠明媚嬾步淩波不染塵銀屏
悄擬量珠十斛買取芳春

金縷曲

題卜母蔣太夫人詩卷

三復悲涼語寫平生艱難況味傷心幾許縷雪裁仌詞一卷節孝千秋昭著霜夜冷青鐙機杼風木空餘人子恨要孤鸞鏡影尤淒楚柔筠志耐寒暑　嬰端縣雨摧璚對幸天公栽培溪蕙賢孫繼祖鶵鳳聲清堪慰望萬里雲程健羽應不負當季辛苦愧我唫襄殊草草勉題箋敢步騷壇主（謂集中諸公題句）欽佩蕙賦金縷

雙調南鄉子

題美人畫幅

溪院杏粤天埀柳絲絲未作緜宜雨宜晴人蕙倦總前

覓句聊題玉版箋　無語聳唫肩懶畫眉痕黯自憐聞
說江南風景好華季羅綺爭誇富貴傳

賀新涼

題宗友石小影

一幅雲藍紙寫少文悠然歘立胸襟如此蝸角蠅頭何所計世態任它非是又豈羨等閒青紫李杜文章歐柳筆擅詞壇風雅聞遐邇清名盛久傾耳　杖鄉時節居鄉里亭林泉優游清福有誰能比余柏歲寒姿益茂鶴算頻添無已好閉戶閒研經史酒盞詩筒塵俗遠叟輕衫羽扇傳神似壽者相共瞻視

點絳脣

題斷簡殘篇便面

檢點蕭星香羹錦囊畱餘馥長篇短幅曾飽文人腹字蝕蟲殘何處牙籤簇燃重讀當年珍惜爲有千鍾粟

減字木蘭花

寫扇頭鞠花爲周紫卿姻嫂夫人作

重昜時候慵卷小牕涼乍透弄粉調脂試吮霜毫點染遲　晚香幽豔雅韻三秌應歎占一握風清遙企芳儀未識荊

前調

宗友石囑題其友人畫紅氍毹歌伶紈扇

即空即色幻境荒唐人不識恨海情天黃土朱顏儘可

憐　韶㝍鶗駐幾箇聰明能覺悟曲度雲屏多少紅㜄
寢未醒

憶秦娥

題陳卓齋姬人雪牕槑影遺照

空勞憶曇雲一現傷心色傷心色雪牕寢冷雲堦月槑
仌肌玉骨曾相識暗香清影添淒惻添淒惻返魂無
計佳人鶗得

賀新涼

錢奎卿見貽佳句又爲余蓮因室稿作序賦此
以謝

耳熟清名久數東皋騷壇名士君應居首健筆淩雲誰

得似合稱才量八斗定不讓當秊歐柳何幸蕪詞勞染翰賜題箋敏速誇神手九天外落瓊玖　浣薇三復臨牕牖好珍藏襲之古錦常攜座右末學閨中何足道下里聲同瓦缶賴雅韻冀傳不朽自愧客途無以報勉濡毫敢步詩人逡唫短句代尊酒

菩薩蠻

爲徐東園寫槑竹便面

江南江北旾光好一枝嶺上開偏早占得衆芳先淩寒瘦影妍　羅浮清夢足翠倚琅玕玉寫向畫中看香飛上筆端

明月生南浦

題錢奎卿詩詞集

攜來戛玉敲金句不棄荒蕪囑我從頭註價重鷄林雲錦護閨中竊恐塗鴉誤　迴環雒誦匪朝菒一爽塵襟似嚼寒琛素想見唫成誇七步珊瑚筆底雪常吐

前調

評雪醉月才人事倚馬千言獸討騷壇幟開府參軍多逸思清新别具天然致　琳瑯一卷藏瑶笥麗句僊心密密珍珠字此日胸存湖海志它秊風送摩天翅

前調

新聲響遏穿雲裂鄭重題箋字字霏香屑鳳吹鸞鳴清韻别豔雪風舞迴璚雪　西牕有客堪愁絶冋首蟾光

幾度圓還鈌不盡羈褱增感咽長生何處求僊訣（曾爲予題

西廳坐月圖小影）

前調

百篇斗酒交何綺好句拈來寫遍銀光紙午寢未成推

枕起卷簾讀向西風裏　驪珠一串差堪擬楚客工愁

寫出愁如此堦下秋棠涼玉蘂薜蘿煙冷褱湘水（日昨又以

詠盆蘭秋海棠詞見示）

前調

自憐蕉萃低飛翮宦海浮沈往事餘鴻迹西子湖邊煙

水碧平山堂下縈紆易　而今又作東臯客百感中來

天地爲之窄祇合逃禪聊自適藥鑪經卷虛堂夕

再調

雨過銀屏風暗度雲洗天空又見冰輪吐䆫下水沈香細護五銖衣薄涼生素　擬欲報璚還又住幾度裁箋自愧鶵追步減盡唫襄無好句宵深自把蘭釭炷

慈暉閣詞

慈暉閣詞

慈暉館詞

儀徵阮恩灤媚川譔

燭影搖紅

元宵燈讌

明月隨人碧空一色煙巒照鳳城火樹燦銀花爭向雲堦耀疑侶紅梅放了只須臾熛烘林表霞觴泛豔仌琖燒指慶臺低峭　綵射千層此時倍覺晉容好南油西漆愛輝煌羅綺紛環繞最是妝成鬧埽說虯鬛休來報曉今宵不禁更買來宵金錢多少

漢宮春

揚州隋文選慶巷見於宋王象之輿地紀勝等

書隋曹憲吕文選學開之唐李善等吕注選繼之非昭明太子讀書處也予家在文選巷嘉慶十年先文達公始於隙地築廔五楹即名曰隋文選廔廔之上奉曹憲及魏模公孫羅李善魏景倩李邕許淹七栗主左右爲藏書所廔之下爲西塾庚戌葺旾偶步選廔下因溯厥由來謾賦此闋

曹氏開先更諸儒繼後選學遙傳迴思舊時堂構都付榛煙幸存故阯記吾家卜築林泉願自此蘋蘩永祀馨香俎豆秊秊　葺道風流雲散念門牆桃李多士班聯（昔曹憲居此聚徒教授凡數百人公卿多從之）尋來雪泥鴻爪餘韻畱連依依

斜照喜高慶百尺參天任羅貯名書萬卷未教媲美前賢

玉京秋

湖上看桂

煙水遠涼飈動羣木桂花初綻低雲密護頳陽微渲淺碧深黃相半最留人風送香㬉凝眸看幾枝斜倚小山亭畔　林外殘霞催晚喜餘芬常留仙館瑤砌珠塵畫欄金粟十分烁滿試問天台料萬樹應亦同時鬬徧謾飄散爲惜芳華太短

高山流水

選慶理琴

選慶修竹峭寒侵按父絲指冷瑤琴彈到月明時蟾輝
朗徹遥岑試回首落鴈沈沈聲停處別有悠揚逸韻暗
度疎林只鍾期鶤覓山水意何淺　披襟清風入懷抱
愛泠然古調愔愔出土憶號鐘廿字獨矢丹忱感滄桑
觸物驚心武林吳君素江嘗得古琴於土中背有銘曰東山之桐西山之梓合而爲一垂千萬古上曰號鐘下曰疊山古色斑斕斷文隱約知爲宋謝文節公故物也惜余生也晚未獲一寫懷古之思念今
日但問移宮換羽誰是知音況無絃眞趣三昧費研尋

洞仙歌

送炑

青林紅樹幾日霜風警纔說悲炑又炑盡想金焦兩點
瘦卻愁蛾無限恨殆比送春更甚　寒雲催鴈陣鴈去

無聲碧漢茗若夜清迥楚客賤情疎搖落江蘺忍重憶故園風景到此際忩忩苦鵊留問有酒盈尊可能消領

鎖窗寒

消寒

凍雪拳鴉淡松陰鶴綺窗風緊貂茸護暖減了弄妝清興問園梅將開未開小闌淺壓菭枝冷憶六朝山色愁蛾鵊畫峭寒同警　雲影西廔暝正酒熟楓根篴飄竹徑燈簾自倚銷得玉釭蘭燼怕窺簷霜月半棱夜堦漸覺瑤漏靜且圍鑪小試龍團也勝椒花飲

慶清朝慢

除夕聽爆竹聲

蛇壑秊華鳳城燈火東風催動音聲神弦乍歌迎送上燭霄明聽向南鄰北舍流光電掣總心驚纔一瞥蝶衣碎迸翻訝飛霙　歲已盡漏正永試問夜何許夜轉三更最是銅街疊鼓依約雷鳴猶記椒筵散後千門歌吹襍簫笙銀臺畔蠟花送喜還綴璚英

迎音樂

四時美景知多少算惟有音光好園梅爭報齊開了只幾日東風峭　問何處玉簫聲繞倚亭畔暗香縹緲那得瑤臺月夜醉索巡檐笑

夏初臨

平山堂看龍舟

高閣凌霄長坂掣練正逢競渡芳游遙指旌旗回旋三兩龍舟滿湖煙景齊收沸笙歌亂逐中流錦波盪槳曽雷疊鼓作勢昂頭　當季闌檻種柳依依醉翁陳迹鴻雪空留青山无恙哀絲豪竹都休羅綺雲稠笑无端極目凭欄惹閑愁幾多鱗爪驚起沙鷗

揚州慢

壬子五月道出姑蘇聞是晚虎邱燈舟極盛吾母暨葵農四兄竹齋主人及余偕往觀焉月夜燈輝朗徹如晝因塡此解曰記其盛

萬點疑星四圍如晝往來半是燈舟正繁絃急管響徹大江流憶邗上湖亭追暑清歌檀板鼓吹都休怎人移

星換旬餘疑爲三妹　一輪皓月喜此時同照出耶耍
燭影搖紅波光耀彩幾費凝眸生怕汝南鷄唱知慈雲
返櫂鷞留吾母擬俟明晨郎分袂同邗矣這餘輝良夜頓添无限新愁

浣溪沙

吳江舟次

江北江南草靄平濛濛煙樹雨初晴萬家燈火爲湖明
風送歸雲棲斷嶺星連寒月帶孤城輕颿一刻過來
陵

前調

何處幽人玉簫歛聞爲岸簫聲新愁遙寄落梅時爲汀鷗鷺
未教知　江渚風濤羈客恨水澰絃索女郎詞寥回朱

舫漏遲遲

十六字令

燃羽檄紛馳又一秌頻回首怊悵水西流

剔銀燈

硯屏

悄坐夜牕孤瞑不滅臨池清興試啟銀屏照來瓦硯隱約墨痕淺映凝眸細認注瀲灩筆雩流影　格寫瞑巃秀整光涷砑螺清冷玳几鐙疎金星匳小比侶暈妝窺鏡蘭箋書盡覺恍惚有人遙領

碧桃曲

予性酷嗜山水在室時或泛舟湖上或寄跡名

園情之所到月必屢焉自于歸來杭塵事沓來未及一覽湖山之勝思之憮然癸丑春吕楚氛逼近江淛予隨君姑避居新城董灣雖地屬鄉隅而水光山淥縱横无際羣峯侶笑遠樹如簪俯仰流連頗娱心目因爲倚聲吕寫其勝

錢江山水秀靈鍾茫茫天地空避屈聊倘作游蹤風光堪慰儂　雲漠漠雨濛濛青叅羅數峯依稀身入畫圖中何期逆旅逢

前調

數椽茆屋接叅杉晴風明翠嵐碧林淡處夕陽銜依依春色酣　城市遠水雲涵終朝送客颿門外小港通長江遥望行舟歷

歷可祇憐病骨侶瞑蠶輕寒怯茜衫時病初起
見

撲蝴蝶

月夜看菊感懷

霜英弄晚清絕東籬景殊容太澹蜡波相揜映幾重嫌卷風疎一曲闌迴露冷何如未荒三徑　峭寒警秊華逝羽風雨重陽怕回省亭亭眧見恍如儂瘦影最憐壓鬢簪低況是燒燈院靜銷磨醉吟清興

訴衷情

繡絨牕底卷銀鉤蟬鬢理還休星期暗數蕭匹河漢正西流　思往事觸新愁莫凭廔梧桐夜雨點點聲聲漸做淒殊

埽𠌶游

自雲棲寺歸泛舟西湖游覽竟日倚聲成歌

萬篁徑裏正翠滴籃輿海霞初曉寺門漸杳靄明湖盪槳鏡波迴抱極目羣峯百變雲容盡埽晚香好問堤柳舊栽添種多少先文達公撫浙時濬西湖會命海塘兵翦柳三千餘枝徧插蘇堤并令逐季添插千枝何事贏懊惱指絢碧亭臺俊游會到謝墩自小歎而今賸有冷煙衰艸先文達公又於湖心積葑成堆中建小亭徧栽桃柳杭人呼爲阮公墩今圮廢有年矣无限悲懷且聽鶯嗁樹杪日西了儘徘徊晚𠌶池沼日暮舟抵湧金門復游朱氏園時丁香大放霍靡可愛

曇花詞

曇花詞

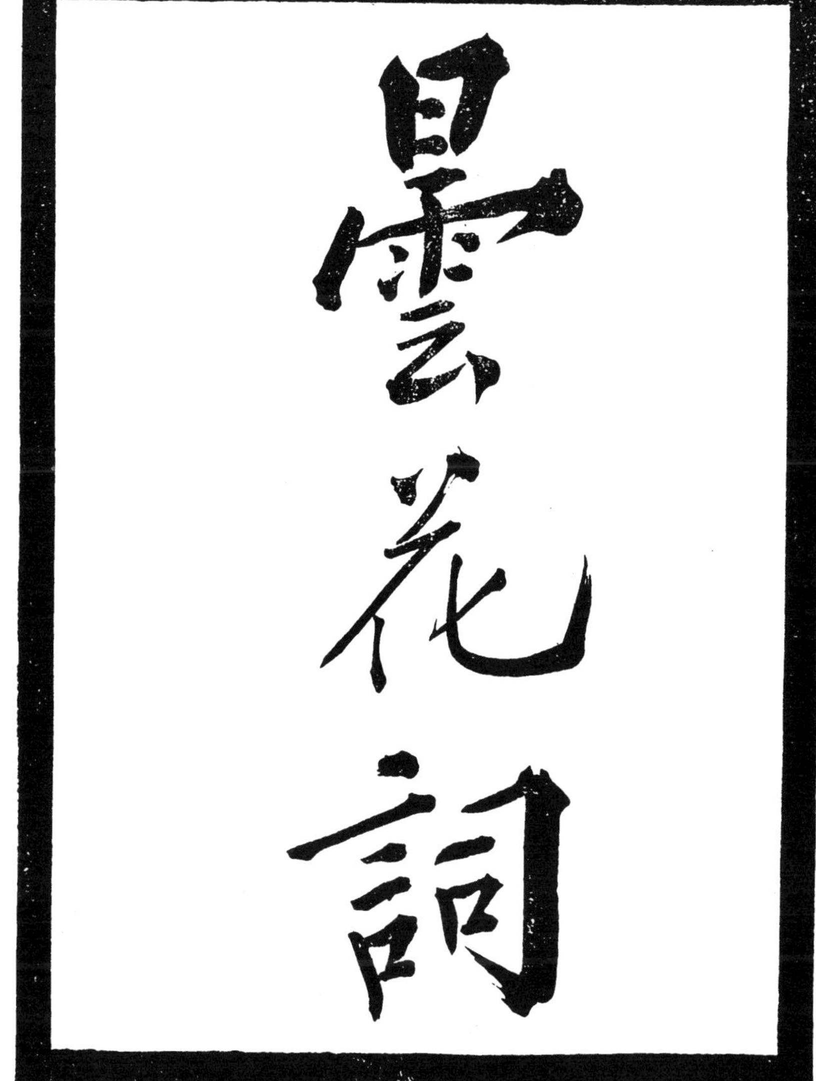

曇雩詞

錢唐汪淑娟玉卿譔

相思兒令

挽就鬆鬆髻子畫閣晚糚初自向小闌延佇雩影半身扶　明月纔上銀鋪悄無言低拜黃姑新涼不耐衣單天風斂動羅襦

洞僊歌

荷包牡丹

猩紅一捻有粉痕飄蕩疑出纖纖美人掌怕飛來蝴蝶盡是金錢是昨夜妃子筵冓親賞　者般眞錦地可惱天公不把落紋繡添上要向畫奩尋比與郎看可勝得

儂家恁樣悔祇悔春愁萬千千未囑付東風替儂安放

眼兒媚

秌海棠

幾天風雨撿屏紗人也嬾如恁除非蝴蝶小山背後還去尋它　摘來細向風前看泪點沒些些斷腸是你傷心是我一樣生涯

相見歡

柬雯卿妹

者番上了香車抵天涯侍奉北堂歡笑要君家　從別後肥與瘦不多差祇是評恁糊閣又閒些

虞美人

再東雯卿

炑千影落閒庭院明月移翏轉幾天不掛玉幯鉤鸚道昔來總是不梳頭　緑窓還是攤書好何苦尋煩惱自家去驗小𦝫肢卻比瘦楊肥了那絲絲

沁園春

題石頭記

何處紅樓幾日西風嬌顏悴零悔輕輕羅帊打伊獃膓些些詩句教鷙籠鸚不及芙蓉女兒墳上猶受怡紅一哭情堪傷處是絳珠有淚頑石無靈　炑窓風雨凄清問絮果蘭因是怎生算瀟湘一瘳了完公案袈裟半襲救了神瑛祇怪桃翏穌宅梛絮恁把憑空識作成癡兒

女被聰明兩字斷送伊行

琴調相思引

送韻僊主人赴南宮試

銀蠋深宵酒一樽教人無可再銷魂心情撩亂相對揜嗁痕　便是離愁鶵撇卻也須珍重兩三分紅箋消息早報畫眉人

賣花聲

離筵未終東方既白重拈此解呂代贈言

繡帳病纏緜悶極今朝捲幙日日望秋天望到木樨花放了望著歸鞭　鐙火已闌珊無可相憐囑君今夜莫開船只怕夜深儂有夢尋向君邊

愁倚欄令

㫖日懷韻僊燕臺

闌干外雨如絲悄憑昔擱著一汪兒泪沒人知　怪底幾天愁重懨懨壓損孱肢原是當胸縣卻月叫相思

篴江口

儂命薄悔不作飛雩一路㫖風無管束替兒夫婿送行車影也不離它

賣雩聲

寄韻僊

歇白展篔衾情思昏沈芭蕉滴雨好鶵禁便是當昔心也碎何況如今　坐起費揆尋調弄徽音七弦原是一

條心千萬休將心冷了可囑瑤琴

月上海棠

紅緘初就青禽未來重剔殘鐙爲塡此闋

搓酥滴粉尋幽韻正移窗月落曙光近客館今宵寤覓兒可曾安穩相思意寫到如何便準　蠻箋泪點糢糊認有鴛鴦小字雙紅印臨發開封再拈毫筆端都窘催書去怪它青禽忒忍

賣𠌶聲

韻僊別三月吕客中所製賣𠌶聲詞郵寄泪影離聲恍惚紙上因用原韻倚聲吕報來鴈

耆信又今年柳絮飛緜去年曾記晚鶯天替檢青縑頭

上戴鏡裏移肩　别後感瑶箋心地誰憐紅羅斗帳薄如煙夜夜爲伊長瘦見風雨河邊消息問而今愁絕瑶琴知君异地也難禁千萬夢開三四月休去登臨　應是動鄉心鐙暈昏沉觧衣睡醒驀兜衾不信悽惶儂一箇影也難尋

蝶戀夢

蝴蝶天天夢底住夢謝今番蝶也應該去抵死春風强作主又斂伊入簾深處　一日斜陽三日雨鬧得如今天也無憑據何怪廋頭楊柳對有絲沒處尋頭緒

青玉案

送春

小桃忍受黃鶯罵便幾日懨懨謝雪樣荼蘼開滿架芳
情灰冷泪痕珠瀉怬了鴛鴦帊　落紅堆滿闌干罅愁
與恨無從卸歇對殘鐙明又炧傷心處上曉鐘催打斷
送春歸也

風蝶令

肯題

帳額因風颺幨衣帶雨擡落雰幾日點苔落哭問風姨
何事苦相催　泪冷銷紅粉愁深怨紫釵斟杯滿酒滴
空堦低祝春光此去勿重來

南鄉子

藁砧忽歸刀寢停唱觴月薦夜筵雰濕清明節

雙聲並暢遙夜釵冠交錯不知圓蜍西上海棠

矣旹壬子五月十五日

歔自理琴弦瞪起慵梳髻半偏新樣初三眉子月娟娟

盼到如今漸漸圓　此意忒纏綿背著銀釭笑拍肩如

此風光如此夜天天安放癡魂在那邊

賣琴聲

韻僊藏有古金數十品并藏金錯刀爲平原校

書素雲所貽脂琴閒紅蘚瘢斐綠旣見君子我

思美人爲蓊柹蔕綾製方盝貯之譬如度地排

琴亦自信位置得宜也

古月出彎彎繡澀治瘢定情消受美人鶵如此相貽原

抵得約指連環　檢盝替伊安要翦羅紈中央四角蝠
雲蟠仿作盤中詩樣子畫與伊看

金縷曲

董子寶生與主人韻僊季從齠齔交比雲霞自
從燕北之游遂有山昜之痛牀琴無恙嗟别子
吕何期墓艸雖生佝過門而欲哭形神既悴颯
諫俱鶼情鶼已于一言效竊冀夫七發所期王
霸或知妻子多情莫侶劉伶竟吕娟人笑我
無計堪憐汝祇躊躇炑來瘦得骨圍如許君本多愁多
病者那禁者般情緒又幾日瞑餐無主疊了羅衾全不
寐聽瀟瀟如此西窗雨偍愢怪我太煩絮　珠漏槿點無

憑據算人生因緣離合偶然萍聚儂縱於君相結愛其柰痛無分處況儂也悲烋兒女一日傷心三日病命懨懨祇死支持住休忘了者番語

十六字令

休第一枝香便斷頭煞郎見不敢理熏篝

寱江口

題自繪落瑀蝴蝶箑子

雙蝴蝶畫裏見些些好寱作成三箇月癡情鬧了一生

瑀風怎肯饒它

綺羅香

落雁驚寒歸鴉噪晚幾日霜風歛急直恁怱怱作老一

番烁色强支吾膹翠零膏禁不住悽昜慘月聽寒螿咽
斷空堦舊愁句起亂如織　傷心追念往事鐙火宵深
畫閣耐人思憶回首昔風泡影浮漚堪惜卻怎的挨過
荓宵沒商量安排今夕祇背人自理朱弦華秊悲錦瑟

玉瓏璁

病

紅羅輭汗香澣半鬆雲髻瑤釵顫愁相守恨相守羇肢
半怯龐兒非舊瘦瘦瘦　落紋卷覂茵展支頤鎮日懨
懨倦鶵消受須消受起要天氣酒醒旹候又又又

憶舊游

薄冷初除芳菲未晚昔人約我畫舫迎人柳依

依吕可憐粵齲齲而欲笑晚鐘催黑被酒忘歸
獃立蒼茫不知此身猶在塵世也同游者姑母

紉茝三妹雯卿

恁水瀰愁影煙鎖愁容山擁愁粧要聽聲聲艣作聲聲欸乃折盡愁腸今昔粵事消歇歸路忒微茫有點點飢鴉行行疎柳澹澹斜陽　粵香陌頭未問當日軿車誰嫁錢王回首登臨處祇荒陵水碧斷墻皮黃茶蘼可憐昔葬風雨苦收塲怕明日西湖又應謝了蘭蕙芳

曇翠詞

蕉窗詞

蕉窗詞

蕉窗詞

金匱鄧瑜慧珏譔

南柯子

帚簟欹瓷枕闌窗鬲繡幰重重粵影壓闌卉無那綠陰庭院日如季　傍眼惺忪霧慵心嫋娜煙拋書謾理紫牙籤偏是惱人鸚語一聲尖

菩薩鬘

留別景姜杜表姊

淡閨相伴無相鬲而今衹有長相憶翦蠋話三更應知同此心　一牋攜手贈萛裛天涯恨別泪枉黏巾季旹當再親

浪淘沙

寄懷景姜

悄月轉彎枝，心事誰知。傅山香燼夜遲遲。不是當年同賞處，空惹相思。　世亂歎紛馳，鷄定歸昔。海雲千里遞愁絲，何日題襟重刻燭，分韻尋詩。

虞美人

渡海

風聲滿耳檣颿急，極望蒼茫色。雲迷滄海海連雲，一片浪彎如雪打詩魂。　水天日外空諸相，對此添遐想。浚波東去是蓬瀛，安得凴虚廔閣結層層。

踏莎行

招寶山望海

危磴盤來層臺行到浮屠絕頂遊蹤少蒼茫盡意一條煙海天空處風颯小　半壁深林四山荒艸戍鏖古堠頑雲罩忽聞雲外幾聲鐘鐘聲遠落潮聲悄

金縷曲

寄懷家祥玉姊

雪釀霖霪白意沉吟故鄉何在舊家遥鬲鐵馬金戈盈大地同是天涯寄跡又幾處輕成離別泛宅浮家重渡海各傷心珍重殷勤說分袂乜泪痕溼　無端冷雨敲窗疾最蒐消深宵傾聽一番蕭槭海水天風欺客夢此際愁心山疊況漏斷鐙炧人宋獸箇裁牋憑達意寄相

思欲寫還停筆傳語道遠相憶

柳梢青

同譜趙蓮卿姊將有越行以一詞留別依調酬之

炋到雲天今宵別寥寥落誰過蛟水留人鑑湖約客離緒絲牽　別人那解纏綿應笑我臨岐淚漬枕角磨愁蠋心卷恨一夜如年

浪淘沙

苻題

語別月明中幾暾霜風潮聲颿影忒忩忩不管離人情戀戀歛送孤蓬　天曉望雲峰心事相同彎闕姊妹正

初紅此厺苒逆逢鴈字繫帛休空

湘青夜月

旅思疊韻

乍微涼不堪回首鑪塘已是寇亂連秊驚看互欃槍（是秊五月下澣彗星見於西北）燐對一幮風露聽鬲谿蟲語度到回廊悵關河阻客宅鄉明月故國斜昜　疏櫺悄掩橫闌罷倚煙蝴殘香旅館無聊每惱此如谿才藻侶水韶光誰家玉篴耍賺人相憶堅楊怪世上儘紅羊歷劫勞勞塵夢鶵熟黃粱

清平樂

晚涼疊憶僑弟韻

芭蕉烌戰雨過閒庭院水面風來簾乍捲歛得鬢絲微亂　韮笙涼透昏黃蛙聲鬧出池塘綠徧寥中青艸渾忘人在宅鄉

賣華聲

納涼

簾捲背銀鐙仌簟鋪平遥天明月未三更暝鴨香銷華影上衫裏涼生　蓮漏一聲聲珠露輕輕飛來星火小流螢最是多情蕉葉扇欲卻還停

虞美人

題倪扶亭夫人優曇聯影冊

散華天女生華筆如入維摩室零綃碎錦認詩心合印

靑田小篆女雲林　忩忩擲筆驂鸞厺影在人何許滕觴閣裏翠幃空（夫人于歸时携有巨觥遂顔其閣曰滕觴閣）忍道調鉛吮粉對秌風

㮀源憶故人

哭伯嫂蔡孺人

天涯竟瘳游倦厺風雨傷心無數此別竟成千古痛定憑棺訴　憐宅稚子剛能語忍聽喃喃索乳令我更添酸楚鵑把人畱住

惱分飛

送別閨友

堤畔楊枝親手折忍泪依依送別此厺宜珍攝畱君無

計心如結　已是驪歌聲漸急叓惱無情片月偏照人
熄絕酒痕鮮泪離襟溼

梛長音

梛眉

蛾影睛烘螺紋音逗一般娬媚臨風鬬陌頭深淺畫鶚
欣恐宅京兆還低首　新月同纖遙峯比瘦翠痕一展
天生秀管人離別替人熄含顰自嘆音波皺

玉廔音

音雨

小廔人倚闌干立酥雨鮮煙宵未息堦荈潤偏綠落痕
彎底流鸎聲宋宋　阿儂空有憐彎癖爲替彎熄暝不

得忍寒鷰翦掠波還霑落香泥多帶溼

賣餳聲

清明日距伯嫂殁已十旬泫然紀之

鸎鷰互尋盟滿院飛英惱餳人厺晴心驚何日桐棺歸故里覓安山塋　事事減心情悶坐閒行一腔塵俗撒鶪清拾翠尋芳都懶問負了清明

滿庭芳

柳絮

如霧如煙非餳非雪趁風歛過窗西隋宮漢苑行徧短長堤怪底撩人千里睬餳弄最惹人思鸎嚦芁纔依曲砌又見入柴扉　迷離甘冷落無根無蒂一任風欺笑

誰拘誰管隨聚隨飛縱作新萍水面曾任爾飄泊無依
須知道生涯不定世路有高低

桃源憶故人

尋槑

庭荐一夜風斂急雪蕙妒粤飛白欲覓孤芳鶗得躅碎
琦瑤跡　裊裊幾度穿林出想見琦姿僊格未許俗人
輕識怊悵無消息

醉粤陰

供槑

爲恐江城風信動折取宜珍重瘦極叟無詩紙閣蘆簾
位置癯僊供　銅瓶雪水初含凍清入羅浮夢點綴鏡

隱邊一種孤芳還昇君相共

念奴嬌

初夏客中病感寄景姜

久疏唫咏歎年來多病朱顏消損咢事又隨流水去漸覺日長人困酥雨濺棌輭塵颺麴天乞全無準數聲鄰篴夜闌棖觸離恨 恷對宋寡房藥爐火黑氣息香微醞遠道河梁人幾處盼斷翠鶯佳訊半擁紗衾悄然欹坐鬆挽絲絲鬢窺窗梳月有情來照方寸

訴衷情

寄懷閨友

懷人天氣早秌昔離恨兩心知惺忪倚枕無語腸百轉

寥偏遲　門臣外水之涯望如癡㸃鐙一點㸃雨三叜無限相思

南鄉子

題家大人淸可亭論詩圖

今古幾詩蒐飛入㸃窗月一痕如此谿山如此夜閒身派别源流子細分　問字共論文往日趨庭憶舊聞今對畫圖饒樂意凝神指點龍山認里門

剔銀鐙

題江館聽㸃圖

獸坐梧桐陰裏聽一片㸃聲瑣細礎杵敲凉蕉蕭遞響書卷替人翻起此時庭際問何事蕭疏未已　山色波

光如此人靜薄寒天氣蛩韻啁啾鴈聲嘹喨添得幾多
鄉思西風過耳應別有一般詩味

一翦梅

弁景姜不負齋賞紅梅口占

冷艷迎春獨占先斜倚窗前斜對樽前茜紗格子簷如
煙春在誰邊月在誰邊　悄背紅芳整翠鈿人比花妍
花如人妍亭亭相對各無言花可人憐人可花憐

菩薩蠻

不負齋梅花盛開弁景姜分詠得憶梅簪梅梅
影三題

芳園惆悵春無跡巡檐空自探消息宋算詠花人相思

幾斷霓　闌干都倚遍驛使何時見莫是隱深山紅塵

不耐看懽粿

醉鄉陰

繡閣天寒容懶整瞥見人姿淨呵凍試新粧纖手拈來

商畧安雙鬢　疏疏斜帖雲鬟潤瘦極偏相稱伴我一

枝香卸了釵環紙帳香猶賸簪粿

㕛調

寤醒羅浮人去後約畧龐兒瘦月下細端詳尺幅眞眞

澹墨描初就　天寒合倩胎禽守憐惜情都有一樣態

珊珊鏡裏嫦娥厮並堪稱偶粿影

一翦粿

題畫槑摺箑贈別　景姜

繪就羅浮絕世𦢊容裏流光扇裏昔光一枝橫處月昏黃逗入詩腸沁入離腸　摺疊玲瓏裏底藏贈到宅鄉攜到家鄉願君珍重惜餘芳展向篷窗記向芸窗

如此江山

游慈湖有懷　景姜

一痕蛾岫迎人笑鱗鱗繡漪搖碧水面風皺雲頭雨洗此際塵襟都滌蘼蕪一色猛觸起幽懷帶人追憶湖畔橋邊那年何處記同立　於今重認舊跡是同行過此裊裊癡覓夢裏家山望中雲對兩地離愁應積關河目極只方寸柔絲往來鶼隔待寄相思綠波雙鯉缺

金縷曲

不負齋白桃忽萎賦弔之

不是尋常質記當年儂猶少小此𠌶初植劫後重逢依舊好露井傳神愈潔看正好聯吟朝夕不料連宵風雨惡猛傳將𠌶萎心驚絕癡蜨傍亂鬭歇　芳魂倩影尋消息悵閒堦坐榻自舞蘚痕空碧知爾潔身歸幻境仍入司𠌶玉闕每獸坐無聊癡憶畢竟如伊真命薄撈慊襲燧殺憐𠌶客情卉緒向誰說

祝英臺近

彭城民女高婉姬貞娥少以孝聞年十七適郝氏子守身潔頗不得於庶姑庶姑以女之異已

廿衖之巇㠯蜚語而故間其夫夫果惑日加箠
楚女不堪其辱且無㠯自明仰藥死郝氏子誘
㠯暴疾女父疑訟於銅山令驗之得死狀郝氏
子殊不承旋有蜨大如盌黑質而斑彩繞尸飛
不去睍郝氏子若與仇且撲其面於是令叱之
曰此爾妻廿自來鳴冤矣倘可遁乎鞫之遂得
實蜨乃轉投令再若稽首謝又投女父懷若示
訣然翩翩向西南逝銅山令高在午丙謀首唱
二十絕表其異家蓉沼從父司鐸是邑書來徵
詠因填此解
儘伶俜憑折挫藩溷幾曾墮影瘦胥纖幽恨一身裏可

柰雨雨風風淒淒慘慘等閒把浮生輕過　情無那幻出弱態翩翩分明示因果怊悵芳魂漂泊倩誰安適從何處飛來還歸何處乜不管栖昏雩韓

踏莎行

題沁玉妹湖山春曉圖

濺漾侵衣澄波揩鏡有人悄把闌干凭幾分春色破煙來一夜紅韓雙蟬影　翠窗香深日高風定惜雩記否當年景故鄉詩瘦幾番圓天涯盡是消魂徑

臨江仙

爲題慈命代作

一幅江南春寫就湖光山色分明小紅橋畔趁新晴曉

風楊柳岸好是放船行　堤外海棠剛曬足蘚痕綠過
閒亭靚粧初罷怯寒生碧參差徑遠剛剩數峯青

點絳脣

再題代景姜作

無恙湖山那年曾記分離日擷紅移碧風景從頭憶
尺幅傳來猶是銷魂色天涯兩峭寒同怯休傍闌干立

西子妝

白蓮

礙雪摶魂搓霜釀面沐水亭亭玉立笑它桃李鬭肯風
染妖紅競誇顏色嬌姿豔絕算只有湘娥堪匹最消魂
是綠房迎曉素波澄夕　珊珊骨不染汙泥愛潔真成

癖滿身清露立銀塘證孖身一丸涼月裁仌翟雪待洗
盡人間炎熱者心情除卻白遍誰識

玉漏遲

月夜湖上和閨友韻

玉盤烁皎潔煙消水定十分澂澈萬壑千峯朦重螺濃
如滴眞箇無邊風月全不費青錢能得萬籟寂綠陰滿
地偶留人跡　素娥侶識幽懷抱三五清輝照伊詞客
隔斷飛塵恍到玉廔璚闕此際囊中無句恐鷞對多情
山色空明絕人昇湖光如滌

金縷曲

題畫

雲水蒼茫處恁忩忩乘桴於海飄然而去富貴功名來亦好一聽悠悠之數想塵世幾人千古鯤化滄溟鯨跋浪有蒙莊先得逍遥趣潮自湧老蛟怒　三千弱水憑飛渡問前途蓬萊方丈尚離何許闔闢陰陽多變幻畧盡廣川一瞻歎有客乘風起舞星宿羅胸芒角出看一丸泠月當頭駐天异地爲誰主

前調

丁卯春日初游西湖

第五橋邊去繞横堤殘山賸水柳髡如許我异西湖初識面風景淒清細數有幾帶望中煙對岳鄂王墳蘸小墓信英雄兒女分千古移畫舫向何所　水天別映孤

山路放中流斜昜影澹一支柔艣乍聽鐘聲風外落知在雲深深處又背轉蘋洲蔆渚留得殘荷依弱蓋可憐紅猶作淩波步閒意態問鷗鷺

湘月

題長沙鄭淑荃女史雲璈閣詩草

瀟湘江上有郵筒寄我玉臺新詠睥睨唫壇雄對幟可讓須眉辭駢刻玉爲腸鏤仌爲骨團雪爲情性鯉魚風好送詩篋過爐艇　除卻蘊氏蘭言謝家絮語今日應推鄭密詠恬唫渾不厭雲外尚留餘韻笑我壺盧愛君錦繡樣子描無準擁香私爇寸心當可遙證

踏莎行

題籬下尋秌圖悼景姜艺

蹋遍疏籬可憐秌冷柴葉依舊當秊景越天覓徧又吳天替秌寫出亭亭影　幾瞰西風一條芳徑荒苔細艸零星賸落英蕉萃正黃昏無情零雨重昜近

蒔調

蒔題

蘢不勝銷魂還無據悲秌情向籬邊訴紅塵碧落兩茫茫疑形疑影知何處　恨海誰填情天莫補此情此恨同千古寫生只算返生香秊秊秌到儂爲主

慶春澤

冬夜盼家書

圓月凝愁寒、鐙暈影偏驚長夜如季盼絕家書悵它千里俄延誤人負鴈無情甚漫思量尺素遥傳怕累伊一瞰霜風斂落江塵　思親太急胸頭惡歎蛛絲宛轉方寸長牽極目憑闌白雲摇曳南天吳頭楚尾傷心路縱凝眸親舍何邊最難禁百疊千行有泪無言

乳鶯飛

己巳初吉微痾偶作百感紛來欹枕無瞑信口賦此

世事何堪問念椿庭一官寄跡總歸無定廿載匏懸貧轉累羸得霜痕滿鬢只手板消磨相證畢竟有誰能點鐵歎空炊無米慈勞甚長太息慨慨病　離家以遂鶵

消恨走天涯女兒身世從八行徑同憶孩提眞樂趣二十餘秊一瞬常謾把思親泪揾何日歸甯償我願效斑衣舞綵承歡景心切切𣩘鷏穩

鵲橋僊

七夕詞索和璞齋

涼風瑟瑟羅雲冉冉又是纖纖明月謾將奇巧乞雙星怕弄巧依然成拙　無情河漢有情烏鵲萬古千秌此夕一秊一度一相逢總羸得傷離惱別

滿江紅

辛未仲春歸甯有日留別璞齋夫子

如此江山歸驅裏子規聲急纔賦就原泉淇水暫時輕

別劇飲算和香醒醉訂碁好數輪圓缺祇聲聲珍重不多言心如結　蘼蕪外靈妃瑟楊柳畔桓伊篴總一般滋味百般情節摺疊衣裳防冷暖殷勤筆研傳消息但書來兩地說加餐長相憶

滿庭芳

題韻綵女史畫扇

粉膩蠭凝香甜蜨懶眷戀寫出風神窺來月子點綴越清新但識韻綵小字廿算問何處眞眞豐臺路因緣翰墨誰是畫中人　公紈剛一握句紅劃翠別樣輕勻想石華吮罷猶帶脂痕畧帶一分墨暈要澹澹活色三分怵風惡珍藏什襲休便染微塵

洞僊歌

題羅瑟青譜妹璚臺詩艸

栁陰陰處恰黃鸝三請爲寫司空册詩品算詞鋒翦綵心眼纖絲纔著就大集江東香茗　好學閨姊妹聯袂題襟翰墨因緣更僥倖贈答粉匳邊牙撥銀箏願刪公別離情境料伯玉盤中讀回文蚤四角中央目送雲錦

憶蘿月

辛巳聞姝病感

新涼天氣已逗湥姝意懨病也如姝聞起慵戀半牀羅被　伶仃母弟江鄉可憐夜短憂長侶此中季哀樂敎人那不迴腸

高昜臺

初夏有懷

雲雨消紅萏，煙鎖碧果然如水流年物候驚心無端離思相牽天涯只亦人千里覓封侯未整絲鞭問歸期幼女嬌憨絮語纏綿　靁燃碎恨星星記且和衣倚枕轉側無眠淋雨濺寒聲聲只滴窗荓等閒過了芳菲節意闌珊瘦損唫肩盼東華一紙書來默禱平安

玉交校

題飛雲畫扇璞齋爲陶子縝學使製

龍翁筆等閒染就香君血香君血美人名士而今難得昔來雲向東風惱炑來扇柰西風急西風急年年常

好瑤池標格

一萼紅

余癖槑成性每形詠詧自累塵俗近遂荒廢昨讀肖菊兄公白雪紅槑詩畫不禁見獵之思輒有寫懷之句譜爲慢詞并約璞齋夫子同作

歲朝春丙戌元旦立春喜和脂和粉槑雪一般新虛白含絣嫣紅碾玉妝點還勝春八廿人事天工巧占好資茗雩底暖芳樽正月平頭百秊笑口難得今辰　都道幾生修到傻亦細李素總落凡塵萼綠嬌羞飛琦薄酥爭佀雙頰潮痕有如此幽香冷豔要屏風猩色替傳神越是清寒挪枝越自清芬

相見歡

郵題侶周六弟湘煙閣塡詞圖小影

天涯草色萋迷月平西畫出小紅無語怨鶗鴂　千里外親風采女嬃題題起萬般心事付江蘺

浪淘沙

雨夜懷遠

㡘外雨瀟瀟涼透疏寮玉釭與我兩無聊自是惱人心易碎休怨芭蕉　望遠暗魂消雙鯉苕苕青谿柳色白門潮爲語西風須著力蚤送歸橈

慶春澤

庚寅元宵春詞索和璞齋

律轉天心昜同坤氣雨餘剛好新晴佳節從頭數逢元夜同耍幾年冷澹槑粤雪記聯唫緣意紅情丙戌歲朝立春節并璞齋同詠白雪紅槑喜今朝香滿江東月滿中庭　故鄉重到懷今昔歎當初鬢角點了星星嘉淑虛傳柰伊鹽米先除乞知粤市鐙如晝愛清幽自摒疏標笑通宵遠近人家爆竹聲聲

紅情

題吳興周侍御丈縵雲先生茗邊塡詞第二圖

同璞齋作

此翁儷侶耐半甌沁雪柔篁如許往事從頭依舊茶經配圖譜師弟傳神畫裏圖出費山人丹旭手第二圖爲陸大令昀製大令是山人弟子

休定認逡遊蒔度但側耳傻有瓶笙相鉌沸疏雨　雲霧𦦨同煑料𡟯入篆煙蕩漾心縷引商刻羽鬲院呼鬟試鷚鵢幾徧迴甘忍俊慣消息腋風脾露是江表家世乜曲終善顧

傳古樓景印

傳古芸香

小檀欒室彙刻閨秀詞

徐乃昌 校刻

第七集 第八集

列

浙江大學出版社

本册目録

小檀欒室彙刻閨秀詞第八集

通州張謇

書端

小檀欒室彙刻閨秀詞目

南陵徐乃昌仌弜編

弟八集

吳茝佩炑閣詞一卷

俞繡孫慧福廔詞一卷

小檀欒室閨秀詞弟八集詞人姓氏

南陵徐乃昌仌弥纂錄

商景蘭字眉生會稽人明吏部尚書商周祚女祁忠惠公彪佳室

葛秀英字玉貞吳門人梁溪秦鏊側室其母㝱吞槑萼而生玉貞性又愛槑故以澹香名其廔卒年十九

劉琬懷字韞如一字撰芳陽湖人劉汝器女嗣綰妹金壇虞朗峯室有問月廔集

張玉珍字藍生華亭人金鋤室

許淑慧字定生青浦人善畫工詩適夫而寡歸而養母以節孝稱

錢孟鈿字冠之武進人刑部尚書錢文敏公維城女荆
宜施道永濟崔龍見室性至孝嘗剪臂療父疾嫻史記
擅吟詠著有鳴烋合籟浣青詩草
黄婉璚字葆儀甯鄉人黄本騏女工詩詞適歐陽早卒
著有茶香閣遺艸其季父本驥刻入三長物齋叢書
許誦珠字寶娟自號悟空道人海甯人江蘇督糧道槤
季女舉人歸安朱鏡仁室
吴茝字珮纕一字紉之吴縣人以苦節旌表建坊入祀
節孝內閣中書汪鍾霖母
俞繡孫字綵裳德清人河南學政俞樾女蘇州知府錢
唐許佑身室

錦囊詩餘

錦囊詩餘

錦囊詩餘

會稽商景蘭眉生譔

十六字令

懷遠代人作

瓜今歲須教早吐萼圓如月郎馬定歸家

菩薩蠻

憶外代人作

臘萼香動煙中影紗窗半揜羅幃冷孤鴈宿沙汀寒砧寥裏聲　寥到相思地鵑訴相思意夜雨渡芭蕉懷人正此宵

憶秦娥

竒題

寒夜泠終日離愁如斷梗如斷梗日久皆長銀瓶落井落梧驚寥憑誰醒窗竒窗邊㝵枝影㝵枝影玉漏催殘孤鐙半隱

如㝱令

寓園有感

此㘴旨光如繡畫檻名㝵依舊獃立悄無言睬比胥肢還瘦僝僽僝僽林外鳥聲拖逗

長相思

莫歸

過橋西㝵滿堤步印香泥小徑歸煙籠萬戶低月初

輝星漸稀兊到窗寿知未知何處夜烏嗁

浪淘沙

烁興

窗外雨聲催蠋盡香微衾寒不耐五更鷄無限相思冤

㝱裏帶綬罥圍　隙月到羅幃孤鴈南歸玉鑪寶篆拂

輕衣雩氣參差𢅥影動葉落槑肥

長相思

賤惜雩昔起早

月剛斜日影些些一路香風遶碧紗忙忙貼鬢雩　冷苺

遍坉遮滿院昔情委露華枝頭宿烏喳

擣練子

夜坐

長相思久離別爲誰憔悴凭誰說撈幮貪看月明多斜風恰打銀缸滅

昔兊好

代姊別妹

楓對冷菊彎黃伴行糚畫舫歸途十里塘爲誰忙　煙水蘋絲荇菜沙汀𪄷鶒鴛鴦多少離情此際有待佳章

浣溪沙

送女歸代人作

唱罷驪駒神暗傷欄干小月印虛堂彎枝影度鬲幮香人去空留千里夢寒深午夜怯銀牀獸留鐙燼照荒

涼

眼兒媚

懷遠代人作

將入黃昏枕倍寒銀漢指闌干半輪澹月一行鳴鴈雲老霜殘　凭著飄英風自掃小院擁雙鬟離情鶗鐰苕若江水何處關山

憶秦娥

前題

雲將暮寒砧聲送愁無數愁無數孤鴻隻影極天鶗訴片颿不返金陵渡相思鶗到相思路相思路千里風塵一縷霜露

如夢令

寿題

宋寞寒溪孤枕風風度羅幃夢醒夢醒卻無情此際離愁

謾整夜冷夜冷夢動閒窗月影

憶秦娥

寿題

清風節金風陡起悲離別悲離別長天月影常圓常缺

空堦蕭瑟聲聲蘂霜夢點點腸千結腸千結雲外翔

鴻夢中蝴蝶

長相思

即事

水繞溪雲滿堤鸎鵡聲高煙柳迷愁多恨鳥啼　香霏霏泪凄凄坐看西山虹影低詩成雪亂飛

前調

前題

雲影圓月正妍鬲林啼鳥夜聲傳相看情倍牽　整翠鈿拂朱絃熏盡羅幃未肯瞑庭前霜滿天

前調

春景

芳艸齊鶗鴂啼滿院雲光傍竹籬行行日已西　柳條長寶馬嘶問爾王孫歸未歸屢高望轉遲

搗練子

秌思

風草草露瀼瀼築起愁城幾萬重黄葉滿庭人未掃一聲哀鴈五雲中

少年游

冬景

槑頭未綻朔風如厲白雪暗飛香輕寒到枕愁腸頓起小簷悰空房　滿天雲氣一爐煙燼苕遞此韶光高唐路杳楚臺無夢何處寫鴛鴦

上西樓

夜闌聞雨

江城雲暗星稀鳥孤飛簾外綠殘紅瘦漏聲催　正風

雨淒涼處蠋咢微驚醒廖寬昔節搒羅幃

畫廔音

并題

城廔歛漏聲長玉鑪寶篆生光亂紅落盡暗遺香浴後殘粧　畫檻雕廔咢鳥曲屏遠掛瀟湘窗并謾整薄羅裳無限淒涼

點絳唇

莫景

昔候黄昏蘭房獃坐愁多少寒雲飄渺疾把槑枝繞海月初升遠寺鐘聲蚤爐煙裊離情未了步郎蘭池小

捩音令

莫歸

斜陽遠對晚鴉棲薄莫愁雲閉又朔風斂入孤舟裏滿目荒涼際　蕩雙橈月浮江碎過沙汀三四看漁鐙隱隱蘆葦岸一派臘深天氣

釵頭鳳

春遊

東風厚雩如剖滿園芳氣長堤柳鶯聲弱浮雲薄韶光易老昔容零落莫莫莫　槑空瘦情難究蕙蘭未放香先透眞珠箔鞦韆索沈沈亭院相思難托錯錯錯

長相思

無題　代人作

思悠悠恨悠悠懶整殘粧獃倚慶寒光動玉鈎　星廿
慾月廿慾不耐孤衾擁碧烁離懷未肯休

醉粤陰

閨怨

論慾腸如醉寫慾顏如睡銀缸冉冉影隨身畏畏畏半
慊明月一庭粤氣旹光容易　無數衾邊泪鶸向天涯
會夜寒故故敂離情碎碎碎寢中細語誰為分訴何如
不寐

思帝鄉

弃題

鴛帳冷蠋光浮帳冷光浮寢短思悠悠添得滿腔憔悴

滿身愁縱到彎間月底蕙鷞留

漁家傚

雪景

雪霞紛紛流竹路數聲鳥鵲䆟𦬶度一帶寒光凝臘對時如故慶臺頃刻成紈素　茆店布𢂸橫古渡寺鐘戌鼓催天𦱤驢背小橋棲白鷺眞堪賤何如柳絮風中句

憶秦娥

𦬶題

同雲惡六彎片片穿幰幕穿幰幕鳥棲深對人登高閣茫茫無際愁煙薄玉龍鹽虎添蕭索添蕭索一天飛影半林矣鶴

苒調

雪中别谷虛大師

空留戀楊與褭褭隨風戰隨風戰彌天道遠流光如箭

仌壺夜月凝光殿朔風翦碎鵞毛片鵞毛片飛翔草

定何昔相見

憶王孫

雪夜卽事

凄風夜夜打空林金鎖煙寒上繡衾香滯鶯黃未敢鳴

倍多情寄恨鵾絃三兩聲

浣溪沙

初昏夜坐

玉漏頻催夜氣淸篆煙深鏁繡幃輕滿庭明月照殘更

腸柱十三空寄恨關河百二總離情春風何事巧相侵

點絳唇

春日遊寓園

春色溶溶兩堤楊柳舒金線韶光如電頃刻飛花片　金谷依然景在人離見閒遊遍深深庭院半是蟏蛸罥

醉太平

春恨

水綠山靑花飛柳輕撈簾無事調箏寫愁愁腸數聲　情牽意縈夢杳鵝成香飄一片魂驚見窗梅月明

醉鄉間

再題

惱離別偏離別別恨多周折無計解離情獸倚天邊月

窗外子規啼正與曹風雜問鳥語鄉充何時皆惱絕

長相思

雪中作寄寶姑娘

踩蕋青雪鄉縈雪重踩寒萬里平微風窗紙聲　問卿

卿定有情篆冷香銷卻怎生同心兩地明

訴衷情

雪夜懷女僧谷虛

無端小立璅窗再飛絮影連天蒲團雪深三尺參透幾

多禪　雩欲綻鳥猶寒孰相憐歌翻白雪箋弄粖雩兩

鬢霜添

生查子

春日晚妝

無蕙整雲鈿鏡裏雙鸞太百舌最無知慣作深閨語

梁燕恰雙飛春色歸何處樹罷拂羅裳一陣梨雩雨

搗練子

春日舟中見月

煙漠漠路茫茫桃李無言萬對芳百囀黃鶯催日暮白

雲深處透微光

臨江仙

坐河邊新廔

水映玉廔廔上影微風飄送蟬鳴濟雲流月小窗明夜闌江上槳遠寺莫鐘聲　人倚闌干如畫裏涼波渺渺堤鷺不知旹色為誰增湖光搖蕩處突兀衆山橫

旹光好

再題

山色秀水紋清落花輕沙上鴛鴦泛綠汀櫂歸聲　小鳥如嘁如話旹光乍雨乍晴一派赮光催日莫月東升

菩薩蠻

再題代人作

畫廔檻外嘁黃鳥山光橫斷殘鳥渺旹色杳鷄留脚杯

雲下愁　繡窗籠曉日紫燕穿簾急柳拂水痕清漁歌度遠汀

再調

再題

春光鶗鴃傷心色遠山草影煙如織雲氣傍高樓遊人在上頭　閑倚闌干做湖水平如掌浪影亂晴空漁舟蕩晚風

海棠春

贈姪女吳子

綠窗春透垩鳥影更多少月明風冷雲枝黃鳥聲繡閣酣初醒　被底鴛鴦皆再白璧都是歡昔美景慚愧白

頭人空歎時如錦

耍孩子

閨中四景詞四

豔陽天流水曲處處鶯啼柳綠初睡足曉妝遲慵閒鶯子飛　飛如火翠如豆添得玉顏消瘦眉簷簷鬢星星王孫艸正青

前調

前題　夏

湘簾外芭水側雙鸂風前歸急移玉簟弄霜紈黃翠雨正翻　薰風起芙蓉亂葉底鴛鴦尋伴一隊隊一雙雙聯翩宿野塘

海棠春

壽題 秋

西風蕭瑟梧桐老鬪處處寒砧夜搗羅袂拂霜輕霧鬢侵雲裊 綠窗聲送孤鴻早紈扇上離愁多少月下桂香浮限殺秋光好

壽調

壽題 冬

朔風翦出鵝毛片栁絮與槑萼相見木落萬山空正大江如練 紅爐撥盡寒猶戰況夜夜玉壺添箭耐得歲寒心又苦飛花面

卜算子

初旾遊寓山看雲

旾半綠茵齊處處香風透滿目青山點翠落景色依然秀　盡道柳絲黃不解朵雲疲回首鶯啼深對時正是鞦韆候

憶秦娥

初旾剩國憶子

鶯聲咽柳梢煙雨朵梢月朵梢月誰家玉篴十分凄切苕苕子夜傷離別空亭宲寞愁、心結愁、心結梨雲飛倖香飄塵絕

洞天旾

初旾同友坐剩國書屋

黃鸝檻外聲小曲徑殘槑未掃淑氣含晴遍芳艸正晴
宂撩繞　閒庭竟日悄悄無耐佳人厺蚤蛺蝶輕飛風
飄雪亂新愁多少

卜算子

昔日寓山看雪

煙暖碧雲慶慶迴昔山秀風落殘紅水面飄泛內清波
縐　柳外小鶯嗁雪鳥聲相鬭喚起當秊萬種愁泪溼
青衫裏

青玉案

即席賦贈友言別

一嫌蕭颯梧桐雨秌色與人歸厺雪底雙樽畱薄莫雲

淚千里腸來寒度客有懨無數　片颿明日東皐路送別恨重重煙對越山吳山知何處舞移鐙影箏調絃柱且盡杯中趣

臨江仙

題牡丹

錦對一闌無氣力隨風婀娜枝頭豔陽卻被夕陽收香宂有恨待欲搓雙鉤　香入美人銷不盡依然別樣嬌羞太眞西子並風流小窗倚遍明月要相留

蠋影搖紅

咏離堂憶舊

紅香入華堂玉堦艸色重重暗寒波一片映闌干望處

如銀漢風動䨮枝泼淺忽思量時光如箭歌聲撩亂環珮玎璫繁華未斷　遊賞沈臺滄桑頃刻風雲換中宵笳角惱人腸泣向庭闈遠何處堪畱顧盼㒵可憐子規嘑遍滿壁圖書一枝殘蠟幾聲長歎

搗練子

畱別

人去也情難舍䨮枝歛散風瀟灑霜天宿鳥靜無聲流蘸錦帳含悽下

㵾香樓詞

落香樓詞

澹香慶詞

吳門葛秀英玉貞譔

十六字令

槑影

斜槑影移窗映碧紗依宅寫寒受月些些

苐調

彈琴

琴調急弦繁哀怨淚鶊成弄料是少知音

如夢令

晝閨

鸚語呢喃晝晝響事闌珊昔倦斜倚畫屏苐半觶低壓

紅衷消瘦消瘦鏡裡雙蛾長皺

浣溪沙

題曉糚圖

鶯催日影上窗紗睡起羅幃遠寥賒水晶屏曲繡幃遮一縷香雲金釧滑二分明月玉梳斜澹糚生愛不簪蕚

臨江僊

旾閨即事

鬲院鶯聲催早起昨宵杏雨輕寒一庭旾色捲幃看綠煙雙鸚語紅對百蕚攢　整頓琴書消晝永糚成不厺凭闌鵲爐呼婢爇沉檀新詞翻白雪小楷界烏闌

減字木蘭花

楊花

柳棉如許攪碎晴霞飄泊去風約萍闌一半相逢在水隈　漫天飛舞慊外斜陽黏惣住詠絮無才孤負東風爲送來

四字令

新竹

新筠澹描含香嫩苞些些昔勁節千霄笑晴風柳腎　黏雲亂捎梳風碎敲一叢寒玉蕭蕭拂簷牙鳳毛

蝶戀花

落花

㡘外飛箏愁挂對柳線搓煙欲綰春鵝住蛺蝶成團慵對舞宿箏香寥寥尋無處　幾度問箏箏不語瘦盡嫣紅欲落胭脂雨踏作春泥香滿路多情鸎子銜將去

如夢令

題畫

棋譜半盤打就獸鼎銀釭厮守侍女去煎茶驀地梨雲夢透醒否醒否夜靜炉寒鐙瘦

柳梢青

泥美人

撮土猶香塑成嬌豔絕世風神月下娟娟私問小小畫裏眞眞　美人黃土生春向何處藍橋問津憨態無言

羞顔佀笑注眼如顰

浣溪沙

題夏閨圖

雨過荷香暑氣消奩閣月影黛重描閒堦獨立佀無聊

藕覆半籠金縷襪鳳釵斜軃翠雲翹內家梳束不勝嬌

醉花陰

染指甲

曲欄鳳子花鬭邊搗入金盆瘦銀甲暫教除染上春纖一夜深紅透　點絳輕濡籠翠裹數亂相思豆曉起試新梳畫到眉彎紅雨春山逗

生查子

自題烋夜圖

殘夜碧天明月掛梧桐井小院宋無人滿地芭蕉影

銀漢已橫斜獸立衣裳冷不忍負良宵自煑天池茗

梛梢青

中烋西湖泛月

湖上清烋南屏鐘遞嵐翠煙浮衣惗新涼月扶殘醉人

倚蘭舟　月明正好勾留且放棹湖心上頭鏡淨浮光

潭空瀉影人在瀛洲

聽雨

桂殿烋

衣袂冷上高廔繁雲遮斷碧山頭小窗欹坐聽疎雨荷葉芭蕉各自愁

憶王孫

集舊句寄呈夫子

畫堂深處麝煙微顧夐閒立風歛金縷衣韓偓紅綃帶緩綠鬟低白居易落絮飛王勃不見人歸見鷰歸崔魯

虞美人

壽題

庭壽芳對朝朝改李嶠尚有餘芳在韋莊季允肯我公悠悠沈叔安恰似一江春水向東流李後主此時欲別魂俱斷韓偓試取鴛鴦看李遠不挑紅燼正含愁鄭谷別

有一般滋味在心頭李後主

巫山一段雲

寿題

麗日催遲景公乘億羅幃坐晚風趙嘏自盤金線繡眞容王建翻疑夢裏逢戴叔倫離恨卻如春艸李後主滿地落䔢慵掃李珣思量長自暗銷魂韓偓蛾眉向影顰劉希夷

卜算子

寿題

䔢繞玉屏風鄭遂初氤氲蘭麝馥白居易何事歛簫向碧空王維鸞鳳調琴曲張説惱別酒頻添杜甫侍兒催畫蠋錢起此後相思幾上慶黃滔終日求人卜杜牧

生查子

集古贈雙妹兼呂送別

飛彎落臉紅陳子良困立攀彎久白居易垂柳拂糚臺歐陽瑾掬翠香盈裛趙嘏不敢苦相畱盧綸厺是黃昏後韓偓欲厺又依依韋莊幾日還攜手韓偓

浪淘沙

集古送張湘蘭之湖南

華屋豔神僊杜甫冶態嬌妍陸龜蒙纖腰婉約步金蓮毛熙震多事春風入閨闥權德輿獨立彎芎馮延巳遥指夕陽過劉長卿嫩艸如煙歐陽炯離人歎上洞庭船李頻一厺那知行近遠崔顥目斷遥天馮延巳

惜分飛

送春

泪漬胭脂粤濕露㡘外飛紅無數芳艸江南路春魂一縷斜暘葬　可惜綵雲留不住恨煞風僝雨妬願化相思對古來剩有鴛鴦墓

沁園春

新綠

青帝纔臨雨佀調酥風佀翦刀看乍寒乍暖催歸柳線半明半暗染就芳郊雲約晴峰煙酣遠岫同倩天工淺澹描無人處早蒼落一片又上紅橋　魂銷春水茗茗歸未得王孫路要迢恨多情飛夢西廔憶遠無端送別

南浦停橈小院沉塘曲欄幽砌一着東風別樣嬌凝眸
望惟孤山朶柏不受寒凋

月華清

中秌玩月

秌半明中月圓名半素輝千里如畫高捲珠慊一片玻璃涼透晚風起霧約柔鬟銀漢斜露侵羅裏稽首向嫦娥借問廣寒寒否　最愛深閨獸守如此良宵儘堪消受覓句孤行踏損蒼苔微溜問茍生千古同心朞遂侶一季別久孤負怕雲遮光掩秌催人瘦

瀟湘神

秌思

芊煙含芊煙含殘荷衰柳映寒潭夕照遠山紅對外斷

腸烁色在江南

澹香廔詞

補欄詞

補欄詞

昔年家園中有紅藥數十叢臺榭參差欄干曲折與諸
昆仲及同堂姊妹常聚集其間分題吟咏塡有長短調
六十闋名紅藥欄詞後置之架上忽爾遺失未知何人
將覆瓿耶每思及甚懊惱僅記得數十首餘竟茫然今
來京邸閒窗獃坐棖觸無聊將所記錄出又成數十闋
爲之補欄續成冊寥亦不計其工拙聊自一歎耳琬懷
記

補欄詞

陽湖劉琬懷韞如譔

浣溪沙

看雪

消遣閒愁百卉中金鈴小宕語丁冬海棠紅暖一簾風謾學唐宮傳鼓促未煩隋院翦刀工輕衫薄裹倚欄東

前調

聽雨

坐對銀釭細細挑停針忽聽響蕭蕭幾聲風驟打窗寮多事簷前懸鐵馬無端庭畔種紅蕉總攔不寐到明

朝

冄調

望月

淺澹銀河一鏡升滿庭花影轉參橫最閒旹候最分明何處簫聲遊舫過幾家詩與畫屢生思鄉有客不勝情

冄調

蹋雪

宿酒初醒興未賒先搖銀海望無涯幾間茆舍即林家一逕仌聲雙屐脆半幨風色折巾斜羨乇老鶴守槑花

點絳唇

登廔晚眺

一望長天荆關圖就鶵分辨雲山無限儘付苕苕眼

對此蒼茫那許閒愁免寒煙散夕昜紅淺飛上瀟湘鴈

歬調

重陽後二日

落帽題糕蕭蕭又是重陽後將闌咲口幾陣寒香逗

遥望疎林隱隱南山透須攜酒西風來驟轉眼殊容瘦

沁園春

早春雪後同諸姊妹遊惠山

有興衝寒儷侶同來輕舟片颿望湖光渺渺初融殘雪

林端隱隱遠逗晴嵐鳥語清幽人踪闃寂泠逼名園鎮

日關緣溪轉老槑一尌已破璃顏　二泉勝景全搜耍

何必奇峯高處攀看九龍塔聳鈴聲搖蕩六朝柔古蕪

色斕斑淮海祠邊香雩橋畔記否苒秊三月三紅裙遍

訝如雲繚繞如蟻迴環

苒調

大尌園秊來邑半賃與宅姓存三十餘間池館雩木倘足遊玩每當春秌佳日合家聚集之處諸昆仲常吟咏其中各成一闋

大尌園林半繭分闔絲牽寸腸剩平泉雩木未曾摧折

輞川書畫依舊收藏竹圃荷亭藥欄柔牖不改吟窩聚

集塲昔姝日溪邊垂釣閣上飛觴　追思往事茫茫記卅載煙巒綠野堂有求羊往返掃除曲逕周張相接環堵銀牆鶴跡盤旋禽言互答頓覺人間俗慮忘宅季襄待完全璧返叢桂添香

寿調

池上釣魚同人分作

不着煙簑小坐溪邊持竿自由破青萍萬點錦鱗作隊翠蘅幾片銀沫噴漚立上蜻蜓掠過蘋子鏡面波平漾直鉤須相待翠昔連貫繞澗溪遊　濠梁樂蕙成愁聽唼唼無聲動碧流咲富昔鷀畔千姝避跡淮陰臺下一旦封侯香餌頻添垂絲穩宕浪影圓昔雙尾投居然得

勝臨淵暗羨緣木長求

壽調

同諸嫂鬬馬弔戲作

淨几明窗弔譜頻翻南唐韻長每烁宵庭畔悄聞葉落皆風座上圍試茶香蝴蝶雙飛麒麟獸獲頃斂僊㛹佛頂尖無言處沉吟計算次第移莊　豈同盧雉清狂耍不比彈棋生殺忙愛珠慊倒撈天然趣美龍門乍躍奪錦飛揚拖逗閒情展舒逸興多謝湘蘭曾細商循環久將牙籌檢點且作收場

臨江僊

咏蕉扇

質潤光溶骨秀翦成小漾玲瓏九華六角總輸工遥侵
鬟影綠暗灑汗斑紅　記得夢中覆鹿炎涼悟徹空空
伴人閒倚曲欄東揮闓楊栁月搖散藕粤風

荓調

猶憶西窗聽雨綠陰乍展如雲生憎修竹上彈文移來
消暑氣撲處淨塵氛　別擅清幽風致行行側理成紋
蒲葵一任鬭紛紛斜偎蝴蝶裏低宕石榴裙

浣溪沙

閒畫眉作

何處清音喚鼻皆鶯唬鶯囀與爭新綠陰如木聽來眞
驚夢晝慊剛宋宋催糙小院鼻頻頻天涯猶有未歸

人

虞美人

秌夜同舜音姊作

閒譚坐盡梧桐影微覺吟肩冷誰家玉簫忽飛聲頓見雲開月色倍分明　伊啞幾陣賓鴻語報道秌如許怪它青女太無情慣逼一天霜氣轉三更

蘇調

舟行即目

舩窗不捲雲波冷面面秌山影灘頭幾處賣魚蝦半幅輕飆低落夕昜斜　綠陰隱隱茅檐結鄰舍家家接門蘇閭遍水港灣瞥見一行女伴浣溪紗

金縷曲

菊影

慊搒烁先裏正寒竽亭亭冉冉移來眼底超出紅塵如此淡始信陶潛歸矣爲料理明窗淨几醉後幾回剪採摘費參詳幻跡知誰寄倩窄裏欲扶起　蕭疎骨格煙雲氣儘拋辭蜂忙蝶鬧香清色膩彷彿騷人成落魄瘦到十分鶵比剩一片淒涼滋味要向西風留小像傍闌干月冷霜華細寫不盡箇中蕙

前調

竹影

曲逕停雲黑繞闌前幾竿依約助人淒切裁得鬢溪二

尺綃鶍仿此中孤潔又移上半庭明月只合天寒來薄
衷倚西風弄翠搖晴碧比清瘦夜深立　凌虛自寫凌
霜節展瀟湘畫圖一幅參差圓活中有閒愁題不盡點
滴英皇嗁血都分付蕭蕭瑟瑟萛道槑彎枝幹好總輸
它懷裊亭亭直塵不染獸幽絕

犇調

見新鶯作

艺占慶居福借清幽盧家堂畔香巢小築翠翦紅襟多
點染毛羽不堪諧俗總一例東風拘束九陌塵高音漸
老蹴飛彎慣向璚筵落妨新睡避銀蠋　喃喃若箇知
心曲最思量舊旹煙雨幾番棲宿萛入烏衣門巷裏回

首易添棖觸終輸與疎籬茆屋結伴差池隨下上儕旾
城消受陰陰綠㡘撈未一鉤玉

茾調

題嬙汪玉英拈咢倚鹿小照并輓之

畫裏添嗚咽記茫茫幾番歡聚幾番離別十數年來渾
侶夢愁緒那堪細說膭幼女情懷鶵割何事天公躭播
弄起寒灰滾滾都成刼盈串泪向空滴　孤墳母子遙
相接最淒涼荒煙細雨白楊蕭瑟料得泉臺長夜裏不
省傷心欲絕早悟徹紅塵完缺一咲拈咢芳草地算今
生疑案先歸結同首處莫雲合

茾調

昔日感作

瘦影雙丸逐漸消磨輞川煙水平泉花木龍腦一爐茶七碗悔不襟期偏俗分領略人間清福謾問禁煙明日事且懵騰閒展離騷讀山鬼咲湘君哭　乜知生世原空谷太忽忽隙塵過馬隍陰覆鹿我是箇中參透慣冷眼花荐銀蠋歇倚遍碧闌干曲滿逕雲停門自掩種琅玕幾對森森玉聽昔雨長新綠

荐調

結屋東頭老問今生閒愁種種幾昔能掃贏得吟邊猶澹蕩只繞謝池新艸又陣陣東風斂早殘瘦卻隨流水斷聽鶯聲但逐飛花杳臉楊柳絲絲裊　空亭容膝休

嫌小獸裹裒疎幯一桁半畱晴照收拾曾衣從咲取紫鳳天吳顛倒草叟説舊針神稿辛苦工蠶原自分柰成都桑對季來少絲欲吐食鷄飽

天香

烼日憩鄒氏園

一棹纔停雙扉乍啟鄒家舊日池館三逕盤紆幾層逕翠泉語泠泠成串亭臺曲折正一帶疎幯盡搊桂對還香閣下飛來恍行天半　最好斜陽紅簷倒遥山高低影轉彷彿米家圖畫座中補滿如此園林偏是客應約明曾重來玩輸與幽禽煙巒長伴

臨江僊

余幼旹好飮簫購得前朝人所遺一枝音韻龢平甚寶之錫其名曰紫雲每當針黹之餘納涼庭院必案一二曲爲事迻于歸金沙所居廔高廣張南周比之中也竊思音律本非閨閣所宜豈可鄰舍傳聞卽將紫雲盛㠯錦囊藏之篋衍忽忽數十秊來竟成絕響雖無人琴之感能免

中心悵悵耶作此以表

謾說秦廔引鳳可憐棄置無聲怕聞鄰女鬭彈箏吟風成往事佇月是前生　記否桂𡖖影裏闌干共倚三更嗚嗚如訴最分明暗傳吳市恨遥渡楚江情裊裊餘音竟絕移商換徵心灰思伊欲上鳳凰臺柳棧

何處折槑落不重闓　宛爾琵琶出塞幽情逸韻鶊追
王褒賦就總堪哀潛蛟鶊起舞唳鶴獸遲裒

望江南

雜詠

江南好往事繞廻腸棠棣㝁壽爭刻蠋椿萱堂上咲傳
觴此樂最鶊忘
江南好錦里是儂家綠野堂荓餘竹石翠微亭外接煙
赧凊景望中賒
江南好生小未知愁移蠋敲棋鶩宿蘘持竿坌釣散羣
鷗書卷與爲儔
江南好惠麓約看㝁湖岸斜停詩客舫山廔遠接酒人

家一路入煙艭

江南好曲院銷濃香坐對流鶯談雨晉當窗鸚䳇誦三唐小管賦杳昜

江南好昆仲集羣賢賭酒每從明月裏聯吟常在惠風蒔不滅永龢季

江南好最憶二泉亭遠對倪迂新色畫清茶陸羽舊𣅜經塔影錫山青

江南好風雨不淒淒雩信早紅江總宅水光長綠伯鸞溪滿目盡詩題

江南好眾綠護平堤挑菜兒童騎竹馬育蠶婢女掇桑梯邨巷盡鳴機

江南好暖蕙逼清明鬬葉疎簾音宋宋投壺小院夜錚
錚同想不勝情
江南好修禊趁溪光楊柳風微鶯嘴滑飛雩漲足鴨頭
香幾處浣衣裳
江南好企望夕陽邊槑里高風吳泰伯蘭陵雅蹟宋坡
僊雲對接蒼煙
江南好廔上獸裴哀古調瑶琴彈落鴈淸商鐵篴奏寒
槑幽興已成灰
江南好晝永綏風穌紅暖櫻飛墜曲檻欝香蛺蝶戀晴
莎堦下幾同過
江南好門外即蓉江載酒客尋楊子閣擁書人泛米家

艭兩岸長蘭莊
江南好熱鬧過雩朝賽社沿郁喧擊鼓賣餳帚巷聽歈
簫新漲没平橋
江南好風雅幾傳人舊社碧山曾仰杜古祠淮海每談
秦晉色爲宅新
江南好還首憶金沙長蕩湖邊千頃月顧龍山上四皆
雩清興屬吾家
江南好上巳換衣單勁節臨窗多翠竹素心入室有芳
蘭盡日與盤桓
江南好往事記紛紜杏雨歸來虞學士燕城賦就鮑參
軍一例等浮雲

江南好艸艸綠寄奴城沽酒客來雙屐滑打漁人去一舟
輕浮玉望中明

江南好白下早春來三閣斜昜新第宅六朝細雨舊廔
臺庾信合重哀

江南好第一莫愁家巷口烏衣飛乳燕門前綠柳着歸
鴉風月足堪誇

江南好巧製擅姑蘇織就裯裙西子樣裁成團扇放翁
圖爭說古吳都

江南好桃李易成蹊碧色泛塘雙鷺立綠陰廔閣一鳩
嗁隨地任心棲

江南好歌歗是山塘銀蠋通宵遊客興珠幨十里美人

糙此垞覺荒唐

江南好香霧養霙天午傍慊蘘多蝶舞曉寒庭院正蠶眠風脆紙鳶絃

江南好彩筆發新思惲氏畫圖留粉本陳家詞譜界烏絲終古有名馳

江南好風味不尋常席上沓盤青筍嫩茶邊寒具玉蘭香那免一思量

江南好家在水雲隈門外鶯慜幾對柳庭蒔鶴守一株琛應與睖歸來

沁園春

賜

寥落晴光陣陣西風穌歸莽鴉正小廔晚色夕昜黯澹平原遠景老對杈枒秋鷰辭南賓鴻戀北畢竟雲山何處家都同調蕭蕭索索如此生涯　天然圖畫堪誇宛一幅倪迂墨筆斜補柴門流水半灣新月孤篷斷岸幾點蘆花謾說淒涼休悲宋寡終古埀楊蕙未縣蒼茫裏看相依翼翼互語啞啞

苒調

中秋後一日夜坐感作

纔過中秋幾處礁敲欠輪倍明憶桂花香滿濃侵庭院梧桐陰碧低覆軒楹無伴飛觴何人擊鉢總有新詩勉強成空堦畔暗蛩相答亦訴鶵平　嫦娥苦愛長生也

耐盡琦廔冷澹情望茗茗銀漢初更已報茫茫玉宇萬籟無聲枚乘觀濤謝莊賦月各褎幽懷天状清沉吟久正露華如水斗轉參橫

壽調

悼槑

玉骨仌肌獨步衝寒風光幾何憶西湖十里留連清咏南窗五夜嘯傲當歌我本多愁君偏不語幾度巡檐索咲過僊踪返紅塵歲月未肯蹉跎　幽情如鬲雲波乍萬片紛紛墮碧莎怪蒼穹無恨依然明月昜沓有興不改吟窩疏影橫斜餘香飄泊翠羽淒宵纏亦訛淒涼甚看巢居闕畔鶴跡空多

苒調

咏水僊萼

異卉奇葩擕取磁盆清泉灌培認根原盤結蒜山因在葉分戊側蕊嶺經來雲護苒身水流今日金玉鑲成一種才爐煙畔琴床研匣儘可相陪　芳姿已出塵埃故不向春風暖處鬭近闌干曉日晴香乍吐紗窗夜月素影低哀洛浦情遙湘江蕙帶解佩幽懷莫浪猜端詳久想珊珊風骨纔下蓬萊

滿江紅

題赤壁圖

碧浪滔滔極目處鏖兵遺蹟都銷盡曹瞞雄壯周郎俊

傑烏鵲千秌依對宿東風一夜飛灰滅剩江山灑落到
坡僊才鵝絕　倚桂棹心幽切攜斗酒神怡悅綴畫圖
片幅古今披閱羽扇無人談咲望洞簫有客聲音咽正
清宵唳鶴過翩翩空明徹

荓調

冬窗感作

長至纔過正九九消寒昔節紗窗掩壺仌不化爐煙易
滅印雪試看鴻爪聚補巢應嘆塲身拙憶鄉閭闔遍蝸
槑蕚金丸裂　思往事成幽咽尋遠夢徒清切展南華
一卷從頭參徹水上負龍原幻態雲中鷄犬都僊骨論
人生須學虎頭癡傳三絕

沁園春

聞玉如大姑揚州訃輓作

片紙傳來愴絕警竃沉痾弗瘳計昔江握別纔逾半載暮雲企望竟訣千秌憶女情遥訓兒念切凡事縈懷只歎憂忩忩渺何年華表化鶴來遊　余生嫛甲同週耍交接蘭言蕙最投記曩昔共綉拈鍼畫閣談宵分韻刻蠋重慶棠棣嫛幾壎篪雨敘卅載人琴痛未休今相聚想一家骨肉地下無愁

壽調

南北暌違每捧瑶篇離懷萬般慕一生純孝白華怡色廿年隨宦紫誥榮頒不憚勤勞偏多疾厄家計支持亦

是艱回頭想向平事畢正可投閒　頓教籍註儋班惟詩卷猶留天地間別揚州明月二分有根金沙碧水一櫂無還感逝黃門含悲鮑妹各向風蕭涕泗潸酸心甚數鴈行寥落餘我衰顏

蝶戀花

烹茶

滿汲新泉分碧蒳一逕桑聲雜得旗槍戰幾縷輕煙歛不斷遊絲共裊閒庭院　日正長晝消午倦清入詩腸好句都成串水厄何須遭客怨春風小試平臺畔

蕭調

種對

攜取鴉鋤庭畔鑿細艸芟除根節先盤錯謾訪槖駝人姓郭栽培性理須淡度　滋露流雲良不惡幾度曾烋枝葉欣欣托宅日著書青覆閣龍鱗豈獻蒼朵作

歬調

曬書

檢點瑤籤抽甲乙鄴架頻翻攜麈先揮拂幾處斷紋僊字失蠹魚竟爾飄然逸　不共曝衣交月七添上芸香辟惡宜除溼三昧何秊嘗到溢只須捫腹當晴日

歬調

掃彎

翦蹴鶯捎書事廢鸞尾親持小學蓬萊使曲徑幾曾緣

客至落紅如雨牽愁思　低裊珍惜東皇意踏踏歌成
蓮步無須避收拾殘香歸淨坭忍看逐絮浮蹤寄

清平樂

打魚圖

沿溪結網風定輕浮槳遥看鷺鷗來兩兩篷頂柳陰搖
蕩　武陵路隔荐途朝餐夕宿菰蒲劃破一天曉霧低
頭欲拂珊瑚

荐調

飯牛圖

無聲喘月邨景連天濶尌底牧童衣短褐長簑橫斂乍
歌　西疇南畝犂過飽瞑兩岸晴莎白石垂垂不攔休

燃扣角來歌

苪調

述懷

飽嘗世味都付酸心涓弱艸輕塵原是寄命凑天公薄意　偏同伯道無兒箕裘先業嬀支長夜漫漫不曉隱憂耿耿誰知

苪調

已過雩甲苪路惟成狹種對徒薪空有法心事泰山暗壓　蓬萊不少神僊茫茫薄扃雲煙古調伯彈別鶴青琴只合無絃

苪調

皆壽寸艸碧色因誰好鶼答旾暉旾耍老雲斷喬陰莖

杳　兒昔鍼線珍藏嫁衣猶疊空箱中有萬千慈意裁

量教誨無忘

壽調

忝稱班妹續史焉能代藜閣家聲清望在接踵未知何

輩　京華滾滾紅塵眼壽冠蓋翻新囘首㫺秊踪跡腸

中日轉車輪

壽調

旾光遍坒艸艸無滋味冷眼看𠌶𠌶失意底事猷醒未

醉　池塘艸色青齊惠連好句新題遠夢關山不阻夜

來合到梁溪

前調

暗風側側慊外雲如墨一對垂楊無氣力中着唬腸愴
惻　乍寒乍暖清明飛過蛺蝶灰輕例合禁煙戒酒芳
樽鶉倒先瑩

前調

江南天遠往事迴腸轉衮日苦長來日短一縷離情不
斷　最思小阮英才賓鴻曾寄書回良馬豈堪伏櫪壯
遊須上燕臺

前調

陌頭楊柳故把韶光剖慶上幾家凝望久悔到不堪回
首　一慊晚色晴莎夕昜紅影無多自分生涯未算咲

人鄧禹休過

前調

折花選對寫上黃筌譜爲惜春心無限苦算使落紅亂舞　生來悔不慒騰百端容易塡膺柑酒懶攜與淺乜知鶯鸎生憎

前調

浮蹤小住無恙爲佳耳過隙流光何太駛猛省此生如此　閒愁交集紛紜吟懷强剩三分苦語怕人賞識待宅鬼唱秋墳

蝶戀花

海棠下感作

一院暗陰雲似墨捲起疎簾小向閒庭立幾對海棠凝露溼溼絲縮上心頭結　人爲雩慾雩自識驀地消魂黯澹無顏色十載遊蹤回首憶殘紅合化斑斑血

滿江紅

接藉山皖中札郄寄

捧讀瑤函稔近日客懷安適自別後望風淚下看雲恨積謾放長歌驚老驥幸占再索誇連璧算人生何事可舒眉箕裘襲　干霄志飛鵬息殘雪印賓鴻跡羸淩顏欒謝談經奪席涉水登山多著作養心健飯宜珍惜待明炳得意到東華璚林集

壽調

續寄藉山

滿目紅塵正滚滚風高九陌遥望處子由任皖阿咸赴粤卓犖惟堅黄檗志支持孰贈青蚨血歟凭欄又見雁南翔添悽惻　流光速駒過隙人情薄書空咄剩雩間冷眼泥中幻跡最憶飛觴分詠夜鬬忘讓棗推梨日每淡宵寥繞兩親壽同疇昔

壽調

讀大兄尙絅堂遺集感作

梨棗鐫成試聽取金聲擲地思當日筆雩入寥衍波疊几生面別闢珠玉色幽懷都雜煙霞氣十季中閬苑詠霓裳揮毫易　暗鬼唱凡夫避眞宰訴天公忌總功名

巳渺英華長粹义手飛卿曾共捷嘔心昌谷原無异爲
畱傳焦尾有知音千烁意因首卷爨餘及之

沁園春

咏瓶中芍藥

如此丰姿超出紅塵皆宂正闌務牡丹亭北獄矜富貴
踩雩嶺上惟占孤寒滿吐甜香晴翻瀲態何忍輕離贈
亦覊疎蠊放午風宜避莫使摧殘　徐熙沒骨同看叟
一種盈盈侶露盤羨豐臺玉質雨餘爭買廣陵金帶酒
邊傳觀謝賧當堦翻吟臨牖收拾幽香襲筆端情深盛
待羣芳蕭落與我盤桓

臨江僊

得子寬粤中來札知歲底决計來京慰甚作此

艸艸行裝遠涉季冗未肯蹉跎蠻煙瘴雨一身過論交吾輩厚推義古人多　屈指歸朞怵逡布颿無恙如梭季冬準待渡黃河別懷將解釋望眼歟摩挲

歬調

重九歬病中作

身世已經潦倒那堪日卧匡床吟聲四壁尚嘐螿有懷同子美無賤學歐陽　閒卻持螯左手拚教辜負烋光一籬黃菊也淒涼暮遮鐙火黯窗拚藥爐香

歬調

望雪

可惜燕臺雪色從來未著緇纓瑤姿玉質委塵沙檐空
棲野雀對古踢寒鴉　幾處淺斟低唱黨家風味爭誇
何人清興鬬尖叉圍爐呵凍筆擕銚煑新茶

鷓鴣天

長至後二日病起

病裏年光倍覺忙葭灰律管又飛揚消停鍼指經三月
緜綫無心較日長　伶俜影欲扶將低亰又適鏡臺傍
忽驚骨相同僊鶴短髮全沾秋後霜

壽調

橋

遥憶江鄉千對栽晚秋時節錦成堆古人作頌非無意

歎擅先華南國才　香穌潤抵濃醅幾回珍重渡淮來
當筵不共瓜瓠剖畱待季朝枕畔開南中人諺云季朝枕畔剖橘百事大吉

前調

栗

幾日烁風打滿筐肯輸鶴俸助猴糧登盤薦客傳高會
每與安期棗共嘗　宜自採慢蒸黄柱陵風致最思量

前調

燕山芁有龍山味酒後茶邊夜夜香九龍山桂䅧栗甚佳

芋

別號蹲鴟作一團岷山異種紫成斑爐邊小試農家味

身世無須問懶殘　調玉糝佐朝餐乞强芹菜性偏寒

客來莫咲同羊贈俗例畱充餞歲盤

寿調

筍

不待雷聲驚蟄過鳥鞭折土遍山阿青青未挺參差節

一捻香纖侶琢磨　穿石鋳渡泥窠鍚腔翦尾美如何

只須玉版頻參透便抵胸中成竹多

沁園春

題織山水圖畫幅

數尺丹青侶練平鋪絲絲繞洞宛天孫機上琦梭纔輟

鮫人海底綃帕新裁對碧如薺峯青如黛謾擬南唐粉

本猜微茫裏雲緞幾縷遠隱麼臺　曾憑玉尺量求取中挨光華經緯才撈湘波千頃羅紋疊吳淞一片并翦分鬮未藉毫端罷翻圖譜刻劃蘇家文錦迴移情處聽成連音渺極目裴裒

荓調

送春

九十韶光如駛忩忩芳菲亂飄撈榆錢滿地悶懷同積揚雩撲帳傍眼無聊飛鷰呢喃流鶯絮聒各裒離黿一樣銷休攜酒殘紅庭院只合寥寥　東皇乍返雲橈嘆望裏分明南浦遙憶蘭亭聚詠幽情暗助平臺試茗清興相邀歸路無涯行踪何着怕聽歌聲連臂[illegible][illegible]李會

約採槑曲塢問栁長橋

三臺令

曉起觀盆荷作

風定風定不動芰荷幾柄承來僊露珠明瀉上衣襟絕

清清絕清絕小學鷺鷥獸立

前調

無語無語心在謝家詩裏綠雲摇漾清流中有湖天景

幽幽景幽景轉憶鬧紅一舸

鵲橋僊

七夕雨霽

片雲乍撥萆煙消盡隱約鵲橋望裏牽牽織室此昔閶

羨風浪銀河不起　毀𢍰蜜誓慶頭乞巧那有閒情管
理只將別恨與離愁都分付詞人賤擬

沁園春

題莊川媚盤珠紫薇軒詞稿

一卷清詞挑鐙細翻悽惻纏綿想紫薇軒畔空餘泠月
青豀宅上已鎖荒煙鮑妹才留蘇娘錦斷儘付傷心柳
絮天思當日吟毫五色濡染瓶箋　芳名貫耳從𢍰況
門第聲華王謝聯嘆黃㜷比瘦𢧐風幃外舅絲鬭妙曾
雨闌邊湯案情遥鷄窗韻遠折桂人歸恨總牽悲遺掛
檢綉囊剩墨彙集瑶篇

蕉幕遮

踏歌聲

按鸞笙催羯鼓片片粱塵散作霓裳譜畢竟清音何處度滿院楊竽尋遍春歸路　聽箏堂飛雪舞嚼羽含商顧曲何曾誤只怕步虛畱不住一雨三聲歛上羣僊府

前調

賣竽聲

曉雲輕晴旭早摘取紅英欲換榆錢小喚過短牆經曲道清脆吟腔遠遠酬唬鳥　雨初晴春正好忍負韶光不管東皇惱悶倚樓頭聽漸杳幾陣迴風微送餘香裊

前調

泉聲

繞漁磯穿石磴低咽餘情瀉過藤蘿徑碧色半灣流不定洗耳無塵清徹涓涓影　謾埀鈎思放艇一派琤琮領取悠然興翠逕空堦人跡靜操入青琴試請知音聽

壽調

鳥聲

雨濛濛杳悄悄栁陌雩堤宛轉千囘繞綉舌姣喉容易掉玉潤珠圓相觧相爭巧　過池塘穿尌杪愛學清歌宮羽翻顛倒短㝱鶯殘晴色好香霧迷離一帶廔臺曉

晚香居詞

晚香居詞

晩香居詞卷上

華亭張玉珍藍生譔

蹋莎行

重陽

籬菊攢金，江楓染赤，秌光如許休輕擲。悄無人處倚闌看，一行鴈破晴天碧。　閒插丹萸，淺斟瓊液，高鄰誰弄桓伊篴。端陽纔過又重陽，斜陽澹抹遥山脊。

壺中天

曉起

宋寥深閣，正朝暾乍上，瑣窗初啟。漠漠寒雲消欲盡，早又鴈歸昔矣。香潤衣篝，釵横奩匣，猶是慵梳髻。翠幃斜

揭小鬟教疊羅衩　連日繡綫閒拋評量好景消受吟
遍味却怪枝頭唬鳥亂清寤被伊驚起雨潤如膏風輕
侶蘋釀作陽旾意試看庭畔玉槑會著雪未

菩薩蠻

迴文

碧天遙映微雲白白雲微映遙天碧沬水近嫌鉤鉤嫌
近水沬　片雪飛曲院院曲飛雪片吟苦費閒心心閒
費苦吟

鵲蹋枝

雪朝

已十餘番風信透雪到生朝點染旾如繡忍恷輕寒籠

翠裒紅綃間繫爲花壽　碧玉糊成池上柳聽徹鶯聲舌勝調簧滙此日過尤容易否一梳明月穿窗又

念奴嬌

余於戊戌仲冬歸婁江倏又季昔旹矣離思縈裹塡此寄悔堂弟

紙蔦聲動算離家又過淸明旹節一笛東風歛寢斷此際離愁鷄說鞦韆評花桐窗煑茗曾記三秌別片颿若遞遠山如阻千疊　遙想綺閣昔融尊開良夜同盼團圝月玉對瓊枝看漸長添得堂萼歡悅屈指歸期歸期偏杳柳岸應飛雪最堪憐處小桃紅綻如血

醉花陰

碧窗香靜停綫綫閒凭闌干遍蛺蝶鬬高飛飛過雲陰葉底重窺見　鞦韆院落落痕輭暗裏流光換算自下珠簾恐有歸來舊日紅襟鷰

惱紅衣

苦熱用白石詞均

翠簟炎蒸吟牀寢斷扇紈無力鷄覓新涼井華汲淡碧調久雪藕有幾個清閒詞客岑宋高閣擲嫌待封姨消息　芳亭野陌久斷甘霖餘雲半狠籍若若長日雲影淨南北一舸鬧紅深處猶記那回游歷聽晚蟬頻噪何日飽看炑色

踏莎行

納涼

棋局初拋琴徽閒按新涼一縷生庭院下堦茉莉正閶昔幽香小摘褎簪鈿　風逗羅衫月侔素扇姮娥知否㦬淡淺倚闌無語望明河碧雲淡鑠人鶼見

傍尋芳

次友硯舅氏觀荷寄懷原均

晶慊乍撈一鑑芳塘豔豔交藉色相空來那許點塵輕惹曉煙冉斜昜外背人闇處偏嬌冶倚迴闌對千重翠影織題分寫　最好是碧筩淺酌浥取幽芬消受清暇白苎齊紈悰試晚風水榭只恐怱怱𢘕信早紅衣蕉萃波紋瀉把離㦬付涼蟬細吟林罅

綺羅香

秌雨

芳樹香消，野塘波冷，又是乍寒天氣。疎雨朦朧，故弄一庭秌意。斂數片、林葉輕黃，添幾寸、落痕淚翠。算昔光、已屆重陽，東籬應訪菊闌未。　西窗㡘𢅏靜擁，怪底瀟瀟颯颯，排愁無垠。暗逗離心，別有淒涼滋味。畫橋外、煙柳低垂，碧檻畔、露蛩聲細。更何堪、滴向梧桐，夜闌渾不寐。

卜算子

題織雲女史畫槑冊

何處問昔光，飛上瑤臺矣。蜜蜜疎疎幾許情，寫出吟毫底。　認取墨痕香，瘦影臨清沚。不是江妃是玉妃，獸占

羣芳裏

靑玉案

題采芝徐女史山水圖

生綃半幅籠輕霧愛點筆烋光算如此烋光淸且楚澹煙微雨白蘋紅蓼認取江南路　遠山曲抱重重對杪斜昜飛不去著箇耽吟人歎步一彎溪水數椽茅屋家在雲深處

謝池春

烋日寄懷遠春弟

雁影橫空觸忤情懷鷓說記西窗忿忿話別盈盈烋水渺行舟如葉剩凝眸算雲千疊　虛堂慊撈不奈雨絲

初歇聽蛩聲離心百結秊來蕉萃最淡烋皆節待歸帬

早槑如雪

柳梢青

愁化輕煙了無消處忽墮鐙苒豈怨離多應憐病久瘦

削吟肩　夜寒頻數璚籤敲不盡苕苕侶秊木葉飄兮

霜鴻過乜鶙寄紅箋

滿江紅

壬寅春暮王述菴先生偕同人展禊檀園分均

屬賦得九字

賓主風流占盡了山川英秀攜屐處落痕重印春韶依

舊夢片紅飛鶯語滑柳絲碧蘸波紋縐算苒荏禊飲未

成句纔過九　尋异境閒偎綬臨曲岸聯吟裏叟才飛
觴藻晶盤珠走益友同盟三徑竹談情那厭千尊酒羡
蘭亭佳話古來傳今還又

多麗

秋夕蕭瑟撫景增悽塡此遣興兼悼歸程氏先
姊昔九月初七姊亡日也

算山岑斜陽一抹初沈聽寥天征鴻過也驀歸盼到而
今小窗虛風敲殘葉荒邨靜衣擣清砧音記重三怵憐
重九慣看疎雨弄輕陰暗染郊閒愁幾許脈脈感幽襟
憑消遣琴絃箏柱總帶商音　懷嬋娟當昔聚首蘭閨
何限歡心倚苓牀挑絲共繡攜硯匣握管聯吟舊事空

題前期不再重求鹿夢杳難尋忍對此數叢籬菊花正綻黃金花知否年來蕉萃半爲情深

柳梢青

怕是芳春春寒春困偏易傷人牆外砌千堦前花片靜掩重門　新愁觸損眉痕相攙處吟魂夢魂細雨飄殘短檠分到又近黃昏

前調

目送殘春懨懨離思說與何人一徑新篁半畦芳艸綠到柴門　闌干拍遍愁痕聽杜宇聲聲斷魂錦樣殘裁雲般墨潑難遣晨昏

前調

燕惱餘音呢喃雙語也解憐人丁字㡘垂回文褥冷宋

宋閑門　遠山消盡雲痕頻望斷天涯旅寬幾點疎星

一聲長篴小閣鐙昏

壽調

何處尋春者回去也愁煞詩人風裊游絲蝶銜殘蕊飛

過籬門　相思瘦去無痕吟遍了尊壽醉寬江水茗茗

魚書渺渺碧對煙昏

渡江雲

送外北上

雨迷芳艸路春光去也苒苒綠成陰奈征人欲別幾夜

挑鐙話到曉鐘沈揮毫蘸淚擘濤牋還寫離心回首處

鞭絲葺帽無限感幽襟　從今萬重煙對千疊青山剩愁痕寥影空費卻一函紅豆兩地孤吟瑤雲路近天香早願殷勤折取秌深休負我閒窗盼望佳音

采桑子

雨中簡悔堂弟

綠陰庭院無吟屐靜掩雲屏一種離情譜入琦簾未忍聽　惱人最是黃梅雨滴到深更寥冷乖笙焉得明朝便放晴

減字木蘭花

愁絲萬縷繚繞尊前飛不去自是情深宋寡閒窗倚素琴　檢書覆茗鐙火寒宵同說餅此去宅鄉盼煞秌風

桂早香

鵲橋仙

七夕寄外

織雲弄巧玉鉤低挂又值雙星良會鵲回露冷夜何其訴不盡離愁無寐 人間別逡寥沈書遠鬲斷萬重煙水遥憐客館對孤尊世定憔焠來蕉萃

寿調

得悔堂弟札知偕遠曺弟於七夕寿一日赴金陵鄉試塡此寄懷

雲牋半幅墨雩光燦讀罷離愁何許扁舟此夕赴秦淮應過了幾重煙對 踈鐙影澹孤篷人悄料有唱酬新

句姮娥一笑賜天香頻囑道爭先折取

蒼梧謠

立秌

秌一葉飄來便是愁良宵靜況見月當頭

秌觸忤離心著處愁風來乜歇是下簾鉤

東風第一枝

秌感

露墜紅蓮煙消翠柳秌光冷澹如許落堦不住鳴蛩桐陰乍斂疎雨閒窗香爐聊題遍碧牋新句奈懨懨瘦却吟肩添得幾多愁緒　風細細晝闌謾撫雲薄薄錦書又阻瘳隨流水千條意如亂絲萬縷涼生枕簟腸斷是

天涯羈旅怪妳來偏易惕人何不早將妳厺

清平樂

藥鑪茶臼病骨閒消受愁到眉心頻斂皺不是妳來纔瘦　無言悶拍闌干西風早報輕寒回首鄉園若遞負宅紅對青山

蝶戀花

久不接家書歌㠯遣悶

楊柳絲長煙漠漠節近清明雨潤鞦韆索底事流鶯驚夢覺起來默坐埀珠箔　庭畔小桃將吐萼幾日春寒好景俱抛却焉得雙魚雲外落一函慰我離愁惡

如夢令

鶯語催殘紅雨好景頻添離緒無奈是東風斂散一庭香絮人去人去廖到五雲深處

驀山溪

送旾

宋寥慊慔惻惻餘寒淺又是落花旹風緊處飄來千片登高望遠楊柳最牽愁低拂水還籠煙只恐離人見嘆紅憐碧惱亂鶯和燕日永却如年乍起乜雙眸還傍消魂此際無計網旾暉題錦字倒芳尊聊把行旌餞

鵲橋僊

七夕

香消碧篆蠋沈紅影此夕深閨頻禱鵲將舊恨織迴文

惟願取蛛絲分巧　虛庭露冷疎慊風逗銅箭聲聲催
曉雙星莫怨別離多如較是人間還少

城頭月

友硯舅氏過舍出示近作賦呈一闋

盈盈一水離情苦把袂欣重晤坐到溪叜半鉤澹月郄
向梁梢吐　錦囊添得新詞富炫目蛟龍舞今夜分吟
明朝惱別望斷江郵路

歬調

寄外書

墨痕淺澹雲牋碧謾寫愁悰如織只恐忞忞欲言未盡鐙
下重闉折　三千里外新詞積鴈乜無消息葉墮烁聲

砧催日影坐待窗紗黑

齊天樂

消寒分詠得煑雪

一天寒蕙雲邊重霏霏六霙飄到細壓槑梢匀鋪艸腳片霎裘成瑤蟲隨風飛繞正喚起陶家幽情多少待浣仌心幾回頻帶落英埽　紅鑪圍坐小院看銅鐺滿貯珠露般皎點入龍團煎過蟹眼沸處系聲竝鬧傾甌味好勝仙液璚槳渴消應早莫管豪門暗中偷欲笑

踏莎行

季蘋妹歸桐川遂別已五秊今秌始得聚首甫及兩月又將遄返作此送之

看瘦黃花吟彫紅葉鴈行聯序溪秋節未能談盡五秊心無端又作消魂別　越水蒼茫吳山青疊相思兩地情鷄遏扁舟今夜泊江干一聲漁篴觧愁咽

鼓篴令

題莊磐山表姊吟鞠圖

一番細雨剛重九正東籬餐英豈候慊撈西風秋意逗更添箇苦吟人瘦　題遍冷香千首澹如斯花應爲友謝女才華今恰又者回認取僊姿秀

虞美人

元夕

去秊元夕華鐙裏譜盡愁滋味今秊元夕月孤明依舊

無聊默生聽深更　江槑消息東風漏入些如槑瘦冷
香幽韻譜琴絲却笑此情偏有侍兒知

采桑子

夜坐

半簾簷月篩疎影坐到深宵悶到深宵燒盡閒窗蠋幾
條　燕山近日音書斷路些苕苕夢些苕苕卜盡金錢
倍寂寥

暗香

詠槑用白石均

粤中絕色但遠粤看遍算愁橫篴曉鏡妝成珍重璚英
未輕摘軟玉牋裁秀句惟記省坡仙詞筆最好是簷月

黄昏疏影上芳席　郷國慰寥宋柰竹外輕寒露華微積離情欲泣歲歲昔初苦相憶幾對斜臨曲岸香浸廿半池空碧算燕燕瘦盡了那能學得

疏影

詠槑用白石詞均

玲瓏碎玉憶羅浮舊夢那回初宿誰是朋儔除了寒梥應添幾个修竹姍姍遥倚東風裏昔只在溪南溪北正嫩寒紙閣無聊合伴箇儂幽獨　還恐濛濛細雨枝頭歛遍廿粧點新緑欲寄相思何處尋蹤記取雪溪茆屋晶慊乍撈瑤臺靜耍三弄素琴清曲把生綃澹寫芳姿但覺暗香盈幅

沁園春

遊知止山莊呈王槑影表叔

小舫蜻蜓，卻任西風輕斂畫橈。愛寒山黛擁，細肩高髻；殘楊碧裊，短縷長條。路入溪灣，門涵水影，人立西湖第幾橋。循廊步，早窗紗齊拓，翠裏頻招。　何當曲奏雲璈。聽字字清眞叶鳳簫。正楓丹兩岸，霜文愛記；鞠黃三徑，黺本爭描。繡斧閒居，班衣樂志，此福人間未易消。耽遊處，又斜陽一抹，瞥下雩梢。

玉慶春

杏雩

芳期愛是今番早，默倚東風殊窈窕。小橋曲水鸝初飛，

細雨澹煙春正好　酒旗搀映孤邨杪朶朶紅廛寒尚峭枝頭留得幾回看鬧巷賣餳聲喚到

點絳唇

得外書

鴈足纏書憑風歛過三千路閒愁觸忤芳艸斜陽暮澹墨紅牋寫遍離人苦離人苦者番新句塡就相思譜

行香子

寒食雨窗約遠春弟同作

霧歛芳汀香冷雲屏奈韶華又過清明賣餳聲裏打疊閒情算幾番風幾番雨幾番晴　綠酒頻傾麗句催成話遊蹤合到西泠小紅橋外水碧煙橫正杏雩嬌飛雩

媚柳𠌶輕

霜天曉角

家園散步

柳困𠌶蘋愛旾韶遍新雙鷰掠波飛到渾尙識厺秊人
東風歛面温澹煙消遠邨鬲院烋千弄影纔一霎又
斜曛

蹋莎行

洙涇道中

柔櫓伊啞明波不斷輕颿歛過斜塘遠消魂最在短長
橋坐楊低拂千條綫　疏雨疏煙輕寒輕暖小桃已是
𠌶開遍尖風漸逗到篷窗多愁又被閒愁纏

祝英臺近

病起偶成用竹垞集中均

雁書沈芳信遠麗句寫紈扇小極無聊睡乞幾曾傍縱行雁雪行蹤絮泥心事都付與舊旹鸎鸎　蠟鐙泣早又院落黃昏螢火兩三點曲彔闌干不語苦憑遍倩攜綠綺輕彈一天離恨任香影迴風低撈

百字令

將歸婁江寄友研舅氏旹主講徐州書院

忩忩駒隙記歸來正是重陽旹節共翦西窗涼夜蠋細把離愁同說荷渚紅稀桐陰碧漏箏事憐消歇西風一霎香林堆滿黃雪　最憶江路苕苕山淡芒碭雁影無

由覓讀史豪情還訪古應譜新詞稱疊天末停雲堦苒落葉此際鶊爲別扁舟催發野塘漁火明滅

臨江仙

仲冬接舅氏札并索近詠卻寄

目極晴江烁杪書來戢㕓雲邊墨痕香漬浣箋殘吟懷眞澹蕩離思轉紛然　苦憶西窗問字消寒險韻同拈鶊將近況告坡仙琴囊餘藥物病榻裊茶煙

點絳唇

悔堂弟將至走筆迓之

蘭月團圞愁中令節今宵又吟燒來否只在燒鐙候別恨鶊消悶乜拋紅豆拋紅豆一尊芳酒同嚼緑英瘦

生查子

記得別離時猶道相逢易無計慰眉痕寒暑三更矣

落月與殘砧盡是傷心地縱有七香車難載愁千里

憶舊遊

寒宵聽雨回憶甲辰冬偕亡妹季蘋挑鐙清話聚首歡然而今不可復得矣託之短闋以寫悲褱

記當時聽雨小閣聯吟三是寒天不盡清遊興儘敲棋鬬茗何限纏綿漏聲縱催深夜刻燭竟忘瞑破一雲西風驚分鴈侶鬲斷荒煙　情牽片颿遠悵越尾吳頭只素茫然碧海珠難合便芳魂入寥寥也堪憐斷腸時[illegible]

清泪蘸墨寫雲牋想如寄人生多愁乃爾空少年

鷓鴣天

元日約悔堂弟用白石詞均

嫩旭窺簾曙色新釵梁初整曉糚人堂前柏酒綏眉壽案上詩牋賀好音　調玉軫憶金門幾多芳景負閒身而今消得看雩福吟瘦江梨自寫眞

柳梢青

畣姚令韓表弟題拙稾後作即次原均

艸碧天涯清明時節細雨香沙山閣排愁雲牋學句未是才華　何當筆底生雩翻博得陽春調佳珠顆拈初玉盤承作籠合輕紗

南鄉子

不寐

離恨與愁并簟冷方彎寥不成起坐重温銅鴨火閒聽兩部蛙聲鬧綠汀　銀箏殺殘更靜理新詞獸翦鐙四五蟾蜍充又缺窗櫺移過彎枝弄影橫

蹋莎行

繡雲山房聽劉河女子沈素貞彈詞偕悔堂弟作

鷰鷰輕盈鶯鶯嬌軟歌喉一侶拋珠串無多綺語最撩人晝長靜聽渾忘倦　離合鶼憑悲歡易變古今只為情留戀分明江上舊琵琶青衫司馬休輕見

晚香居詞卷上終

傳古樓景印

傳古芸香

徐乃昌 校刻

小檀欒室彙刻閨秀詞

第七集
第八集
辰

浙江大學出版社

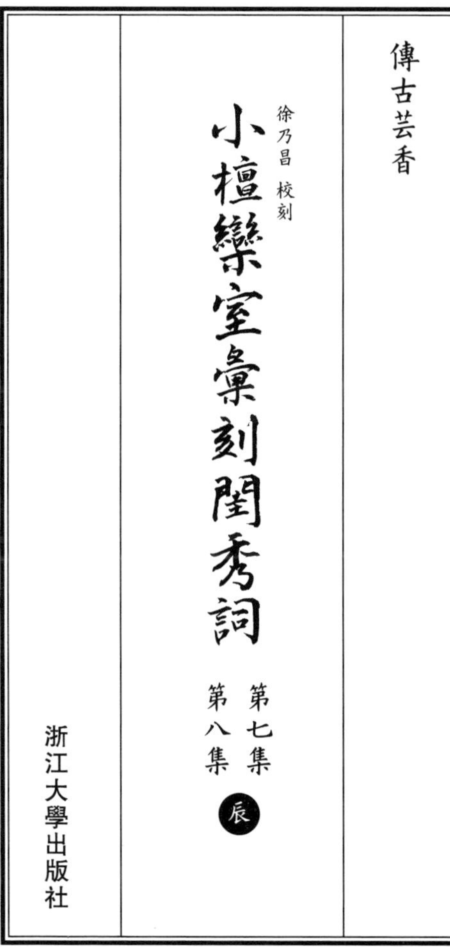

傳古樓據浙江圖
書館藏清光緒間
徐乃昌刻本影印

出版説明

徐乃昌（一八六九—一九四三），字積餘，號眾絲，又號隨庵老人。堂號鄦齋、積學齋、鏡影樓、小檀欒室。安徽南陵人。光緒十九年（一八九四）舉人，歷官江南鹽法道兼金陵關監督、江蘇高等學堂總辦等。辛亥革命後，蟄居上海，與張謇等人合夥經營實業，業餘收藏古籍自娛，與同時藏書家繆荃孫、葉昌熾、劉世珩、劉承幹等人過從甚密。徐氏精於流略之學，勤於校勘，一生校刻古籍近二百種，在近代藏書史、出版史上貢獻巨大。

徐氏編刻詞籍在其刻書事業中影響甚大，先後彙刻《小檀欒室彙刻閨秀詞》、《閨秀詞鈔》、《皖詞彙刻》、《皖詞紀勝》、《安徽詞鈔》，參與編選《全清詞鈔》、《安徽清代名家詞》，選録《晚清詞選》等。其中尤以《小檀欒室彙刻閨秀詞》、《閨秀詞鈔》兩種最爲著名。《小檀欒室彙刻閨秀詞》分十集，第一集收録十家十種十卷，第二集收録十家十種十卷，第三集收録十家十種十一卷，第四集收録十家十一種十一卷，第五集收録十家十一種十一卷，第六集收録十家十種十五卷，第七集收録十家十種十卷，第八集收録十家十種十一卷，第九集收録十家十種十一卷，第十集收録十家十種十卷，合計共收録明末及清代女詞人一百家，詞集一百零二種，一百一十卷。各集卷首冠以作者姓字里居事履等。全書第一册牌記云『南陵徐乃昌/校梓始於乙/未訖於丙申』，知其校刻工作始自光緒二十一年（一八九五），至光緒二十二年（一八九六）結束。然第一集牌記云：『光緒二/十四年/三月朔/積餘屬/張謇題』，第七集牌記署『光緒戊戌/三月張謇/題耑』，則實際上此書的校刻已超出『丙申』（一八九六）下限。金武祥序云：『（徐乃昌）於豸衣行縣之餘，燕寢凝香之暇，搜集昔時名媛傑作，得若干家，都若干卷，顔曰《小檀欒室彙刻閨秀詞》。殺青初汗，郵簡遥傳。不棄下蒭，教之加墨。』序作於光緒三十一年（乙巳，一九〇五）夏，則知此書實際校刻工作前後歷時十年始告竣。《小檀欒室彙刻閨秀詞》所收録詞人詞作，以已成卷帙者爲限，除此而外，那些僅存零章斷篇者，『又仿元詩癸集之例，凡詞之叢殘不成集者，合爲一編，曰《閨秀詞選》』（王鵬運《小檀欒室彙刻閨秀詞序》），即宣統元年（一九〇九）付梓的《閨秀詞鈔》十六卷，收録女詞人五百二十一家，詞作一千五百九十一首，另刻單行。

《小檀欒室彙刻閨秀詞》有光緒間徐氏小檀欒室刻本。一九八六年，江蘇廣陵古籍刻印社據小檀欒室刻本影印。一九九七年，臺灣富之江出版社出版鄭競標點本。光緒刻本全帙和一九八六年影印本，現在市面上都不易見到。富之江出版社標點本則魚魯亥豕滿紙，不堪卒讀，而且只收録六十家，尚非全本。茲據浙江圖書館藏小檀欒室刻本爲底本，重加排版，予以影印。

李保陽

二〇一八年四月十一日

小檀欒室彙刻閨秀詞總目録

第一集

第二集

江　瑛《緑月樓詞》一卷

周詒蘩《静一齋詩餘》一卷

周翼杙《冷香齋詩餘》一卷

宗　婉《夢湘廔詞》一卷

錢念生《繡餘詞》一卷

翁端恩《簪花閣詩餘》一卷

第三集

小檀欒室彙刻閨秀詞目　第三集

小檀欒室彙刻閨秀詞第三集詞人姓氏

顧貞立《栖香閣詞》二卷

張令儀《蠹窗詩餘》一卷

薛　瓊《絳雪詞》一卷

沈　纕《浣紗詞》一卷

江　珠《青藜閣詞》一卷

趙我佩《碧桃館詞》一卷

沈　榛《松籟閣詩餘》一卷

蔣紉蘭《鮮潔亭詩餘》一卷

趙友蘭《澹音閣詞》一卷

陳　嘉《寫麋廔詞》一卷

第四集

小檀欒室彙刻閨秀詞目　第四集

小檀欒室彙刻閨秀詞第四集詞人姓氏

莊盤珠《秋水軒詞》一卷

錢斐仲《雨花盦詩餘》一卷

關　鍈《夢影廔詞》一卷

張綸英《澹蘜軒詞》一卷

張紃英《緯青詞》一卷

許德蘋《龢漱玉詞》一卷

許德蘋《澗南詞》一卷
趙　芬《瀘月軒詩餘》一卷
蕭恒貞《月㡋琴語》一卷
陸　蒨《倩影㡋遺詞》一卷
吴尚憙《寫均㡋詞》一卷

第五彙

小檀欒室彙刻閨秀詞目　第五集
小檀欒室彙刻閨秀詞弟五彙詞人姓氏
吴　藻《花簾詞》一卷
吴　藻《香南雪北詞》一卷
吕采芝《秋笳詞》一卷
陸　珊《聞妙香室詞》一卷
席佩蘭《長真閣詩餘》一卷
唐韞貞《秋瘦閣詞》一卷

錢　湘《緑夢軒遺詞》一卷
陳珍瑶《賦燕㡋詞》一卷
陸蓉佩《光霽㡋詞》一卷
凌祉媛《翠螺閣詞》一卷
濮文綺《彈緑詞》一卷

第六彙

小檀欒室彙刻閨秀詞目　第六集
小檀欒室彙刻閨秀詞弟六彙詞人姓氏
孫雲鶴《聽雨㡋詞》二卷
袁　綬《瑶花閣詞》一卷補遺一卷
談印梅《九疑僊館詞》一卷
朱　璵《金粟詞》一卷
熊　璉《澹仙詞》四卷
方彦珍《有誠堂詩餘》一卷

殷秉璣《玉簫詞》一卷
高佩華《芷衫詩餘》一卷
陶　淑《菊籬詞》一卷
儲　慧《哦月廔詩餘》一卷

第七集

小檀欒室彙刻閨秀詞目　第七集
小檀欒室彙刻閨秀詞第七集詞人姓氏
吴　綃《嘯雪菴詩餘》一卷
徐元端《繡閒詞》一卷
鮑之芬《三秀齋詞》一卷
王貞儀《德風亭詞》一卷
左錫璇《碧梧紅蕉館詞》一卷
左錫嘉《冷吟僊館詩餘》一卷
鄭蘭孫《蓮因室詞》一卷

阮恩灤《慈暉館詞》一卷
汪淑娟《曇花詞》一卷
鄧　瑜《蕉窗詞》一卷

第八集

小檀欒室彙刻閨秀詞目　第八集
小檀欒室彙刻閨秀詞第八集詞人姓氏
商景蘭《錦囊詩餘》一卷
葛秀英《澹香廔詞》一卷
劉琬懷《補欄詞》一卷
張玉珍《晚香居詞》二卷
許淑慧《瘦吟詞》一卷
錢孟鈿《浣青詩餘》一卷
黄婉璚《茶香閣詞》一卷
許誦珠《雯窗瘦影詞》一卷

吴　茝《佩秋閣詞》一卷
俞繡孫《慧福廔詞》一卷

第九欒

小檀欒室彙刻閨秀詞目　弟九集
小檀欒室彙刻閨秀詞弟九集詞人姓氏
朱中楣《鏡閣新聲》一卷
錢鳳綸《古香樓詞》一卷
鍾　筠《梨雲榭詞》一卷
孫雲鳳《湘筠館詞》二卷
屈秉筠《韞玉樓詞》一卷
季蘭韻《楚畹閣詩餘》一卷
曹景芝《壽研山房詞》一卷
屈慧纕《含青閣詩餘》一卷
俞慶曾《繡墨軒詞》一卷

李道清《飲露詞》一卷

第十欒

小檀欒室彙刻閨秀詞目　弟十集
小檀欒室彙刻閨秀詞弟十集詞人姓氏
沈宜修《鸝吹詞》一卷
葉紈紈《芳雪軒詞》一卷
葉小鸞《疏香閣詞》一卷
賀雙卿《雪壓軒詞》一卷
張友書《倚雲閣詞》一卷
孫瑩培《翠薇僊館詞》一卷
吴小姑《唾絨詞》一卷
繆珠蓀《霞珍詞》一卷
沈鵲應《崦廔詞》一卷
李慎溶《花影欹笙室詞》一卷

本册目録

小檀欒室彙刻閨秀詞弟七集

光緒戊戌三月張謇題耑

小檀欒室彙刻閨秀詞目

南陵徐乃昌仌玿編

第七集

汪淑娟曇雲閣詞一卷

鄧瑜蕉窗詞一卷

小檀欒室閨秀詞第七纂詞人姓氏

南陵徐乃昌仌弜纂錄

吳綃字仌仙一字片霞又字素公長洲人通判吳水蒼女川北道常熟許瑤室仌仙工小楷善丹靑兼擅絲竹家有古琴昔撫弄之其詩清麗婉約集中有與梅郎祭酒相倡和者稱祭酒曰兄殆梅郎之女弟也

徐元端字延香甘泉人徐石麒女

鮑之芬字葯纈一字澥雲丹徒人諸生鮑臯女戶部郎中之鍾妹徐□室與姊之蕙之蘭並工吟咏

王貞儀字德卿江甯人宣化知府王者輔孫女王錫琛女宣城詹枚室記誦淹貫最嗜梅氏天算之學著有術

算簡存五卷星象圖釋二卷籌算易知重訂策算證訛
西洋籌算增刪女蒙拾誦沈痾囈語各一卷象數窺餘
四卷文選詩賦參評十卷繡帙餘箋十卷德風亭初集
十四卷二集六卷

左錫璇字芙江陽湖人大理寺丞左昂女幼受贄於張
孟緹工詩詞畫宗南田亦秀潤有法歸武進袁厚安太
史績懋爲繼室未十秊太史觀察閩之延平督師勦賊
殉節旹秊甫三十畱居閩嶠畫荻教子有賢母風著有
碧梧紅蕉館詩稿藏於家

左錫嘉字仌如又字小雲陽湖人左昂第三女錫璇妹
吉安知府華陽曾詠室有冷吟仙館詩

鄭蘭孫字娛清錢唐人揚州府經歷仁和徐鴻謨室琪母

阮恩灤字嫺川儀徵人文達公元弟三孫女錢唐沈霖室

汪淑娟字玉卿錢唐人孝廉金繩武室繩武有泡影詞

鄧瑜字慧珏金匱人縣丞鄧恩錫女江蘇崑山縣知縣錢唐諸可寶繼室

嘯雪庵詩餘

嘯雪庵詩餘

嘯雪菴詩餘

茂苑吳綃仌僊撰

滿江紅

龢曹顧菴季伯

烁近江南荷香處綠波煙漲消永晝一觴一詠葛巾無恙文讌不須陳玳瑁淋漓醉墨瑤箋上鱠朶陵新釣四腮鱸溴家餉　小鼎中輕雲漾險韻句頻頻唱乞勝宅黃公壚畔共斟郫釀細雨會催杜老詩彎闓不待三郎杖看羣賢滿座侶神僊蘭亭肰

壽調

讀曹太史原詞再龢端陽之作

八斗才華侶大海紫瀾初漲愛楚俗秊秊端節綵絲駈恙檑噴早紅閭午讌揮毫擊鉢蒲筵上綈金蘭珠玉盡名流權相餉　壘罍濃香飄漾郢市曲爭先唱笑韻成金谷湧傾醇釀何如風雪苦情思不勞蠟屐攜筇杖比夫容出水變天然鶵形狀

壽調

乞敘

弄筆塗雅慾來侶雲興波漲許屈指秊華易去可禁頻恙噩寱幾番擲過了半生心事豪端上檢殘篇醉酒若爲消誰相餉　風景好曾搖漾題詠處曾酬唱柰尋香摘豔蝶鄉蜂釀今晏當今文學老校書天祿燃藜杖比

無言堯李卻多言兩粵狀

壽調

述懷

陵谷紛紜魚龍混一　江曹漲囘首□平生孤介弱軀多恙盼望雲霄凡骨重寸心常鑠雙尖上閉渋閨栖處侶鷗鶴齊眉餉　行樂事全拋漾琴書好休題唱但寥殘吟罷悶懨醞釀痴想蓬萊弱水鬲鵝求縮坻壺公杖歎風風雨雨度餘季淒涼狀

四犯玲瓏

海棠

醉紅微折怕白露堦壽曉寒疏滴如醉如備別是一般

標格嫦娥十分光綵昭娟娟澹糚顏色此際那教絡緯報蒿歸消息　想畫堂人起珠㡘扇向鏡臺鬢邊輕摘看盡嬌嬈態堪憐堪惱早來燕支雨洗要那勝伴伊憖宋莽侶杜陵老厺悔當秊不會題得

憶江南

四旹

江南憶風暖換旾衣如畫慶臺雩夾路香街人醉玉驄肥秊少踏青歸

江南憶女伴採蓮碁水侶玻璃人侶玉薄糚偏稱晚涼旹蘭槳日遲遲

江南憶秌氣夜方清鱸鱠鮮肥蓴菜滑千人石上月亭

亭到處按歌聲
江南憶地暖早槑香長夜不禁朝起蚤一枝如玉鬢雲
傍呵手試新糚

槑萼引

曉風寒曉糚鵝玉破慊苒冬又殘倚闌干倚闌干悶把
一枝無人惟自看　秊秊愁過芳菲節今朝又見萼如
雪泪珠彈泪珠彈拋卻粉奩不教問鏡鸞

東坡引

聽弜

欠弜何處曲弜畔纖纖玉珍珠亂瀉聲聲續斷腸銷畫
蠋斷腸銷畫蠋　愁多怕聽昔山暗蹙恨往事心頭觸

廿季噩夢將人促殘棋剛半局殘棋剛半局

瑞鷓鴣

出歌姬

筵前檀板試新聲嬌喉囀處聽鶯簧短髮齊肩佀束胥肢小叟喜雙眸片月淸　楊絲本是無情物等閒化作浮萍當年費盡黃金辛苦緣歌舞教初成雨散雲飛一夢醒

千秋歲

畫粿絲扇贈尼

半夜窗前一枝牆角甚處春光到寥廓東君已許陽和放遂聲何故翻教落不禁風偏宜月休拋卻　笑我半

生負命薄沒事被宅門專縛暗把䋣雲自許度清香此際無多日明朝再到還蕭索駕三車皈三寶心相約

漢宮春

夏景

午寤初回見滿庭雲影煙罩香堦一架淺紅深綠蜀纈勻排纖鈎長帶亂紛紛撩映慶臺暢好侶鄰牆上笑隱雙腮　多是天公有意怕春光歸去羯鼓相催倩宅暖風瀼露剩染縈闌闌干邢畔無聊長月幾徧裏頁記得我因貪豔朶半空抓住金釵

杏雲天

今年一倍春光早蕩子話杏園消耗馬蹤踏遍青青艸

惹衷東風偏好　賀大廈羨伊飛繞對美景歡情多少
宵來驚蟄雷聲報滿眼曲江粤笑

聲聲慢

夏景

鶯嗁柳外鷰到㡘閒雨歇晚涼堪惜永日苕苕唯見石
橊紅折開思箇人千里馬嘶何處阡陌新籜解向數竿
青玉金釵慵晝　塘上荷錢潑露還侶我相思泪珠常
滴怕點紅粧止寫遠山雙碧怎生紗廚象簟清光借素
烋消息有如雪掛長空此夜皓魄

菩薩蠻

閨情

闌到薔薇花事了雙蛾翠疊愁鶍埽廛外是天涯紅塵厺路賒　不禁春瘦亂消息經秊斷繡帶幾圍寬薰爐愁夜闌

畫堂春

萱花

一枝花發北堂幽無聊長日悠悠輕風濃日畫闌頭綠嫩紅柔　粉蝶不知人意紛紛來往綢繆雙翅常自曲如鉤莫說忘憂

浣溪沙

曾見西施出浣沙一鉤香跡印弓鞵綠波紅映臉邊花

重到沒入山宋宋滿灘銀礫淨無瑕夜來春雨水痕

加

漁家傲

春曉

春日春光何處好窗前數朶梨花早殘霞作囘雲縹緲黿夵杳香風陣陣歛來巧　枝上青禽聲繚悄分明問我情多少萬斛閒愁渾不了無聊自把寒衾攬

江城子

澄波如練漾殘霞日光斜照平沙兩岸酒旗招颭是誰家紅衷壚邊人佀玉畱客處綠楊遮　落颿風裡轉船撾柁咿啞浪生花可惜明朝此地又天涯拚取十千沽一斗須笑飲莫嫌奢

鵲橋僊

步秦少游韻

彎鍼穿月蜘絲織巧河畔鵲橋催度相逢謾道是新歡反惹起舊懷無數　沈沈鳳幄依依鴛寢愁煞曉寒歸路羲和若肎做人情成就宅雲朝雨莫

旾光好

風力軟弄晴天柳如煙水滿平湖看畫舩簇神僊　百舌黃鸝交語一聲一囀堪憐好彎多在鬢雲邊曉糚鮮

憶王孫

秌夜

寒碪風急搗衣秌木落聲中人倚廔月午涼陰滿砌愁

恨悠悠一夜江南千里舟

蒋調

方諸影轉欲黄昏消息沈沈暗斷䰟琴月無心心自焚

憶王孫滨院凄凉歇掩門

蝶戀䨱

病懷

早潮楊子舟鷁艤一曲湘江送斷危弦指風雨落䨱明

月底芭蕉寸寸啣心裏　斷融溼透風蒋泪茶飲誰餐

伏枕知何計王孫不來儂自公游䰟頃刻追千里

醉䨱陰

望遠

游子天涯音信久盼到西風瘦昨夜夢兒圓只道郎歸翠幄薰香透　覺來依舊黃、昏後有苕苕更漏報道曉來些些好夢難凭索性天明候

疏㡘澹月

咏懷

雲收煙霽見澹月疏㡘芳、心欲碎聲斷玉簫鳳遠秦廔如水淒淒畫角幾更遲香篝冷薰消鴛被孤鐙昏炤三星慘烈闌干倚徙　歎宋寡長門淚閉紅于泪染黃花憔悴展拚西風寒寒悄歸𡉏巠切花箋難綴離情味記行雲馳神千里鸞音盼斷昜臺夢覓躊躇無寐

蝶戀花

送舉

陌上槐芲人欲太公萬種思量無計教伊住杭畔星星緐
泪語傷心此夜天將曙　旅舍風塵留客處僕馬紛紜
千里京華路月裏一枝君自許看芲好弄芲爲主

弄調

問第

正是紅閨三月暮鵲喜雙雙莫道無凭據拭盡啼痕千
點雨泥金兩字傳佳語　莫問離情愁幾許壁上屏間
題徧懷人句得意馬嘶狂侶絮不知今夜瞋何處

賀新郎

芲滿藍橋路畫眉郎沓情侶海屏闓金雀錦綉香車珠

翠擁一派銀箏畫鼓看鸞鳳繞身飛舞椽蠋彎紅究佀晝綵毡鋪□□移蓮步煙篆起博山霧　人間天上相逢處隱羅帷千回萬轉未容輕許漏點不禁良夜短月落嫦娥厮妒迴玉枕鴛鴦交語兩兩同心雙結取笑楚臺當日巫山雨常比翼白頭誓

鵲橋僊

七夕

鵲橋高架銀河水淺看一搦纖身輕度離多會少不堪言謾道是歡娛有數　斗迴珠影月分半鏡愁對客槎來路相思相守侶伊㫖險羞煞巫山朝莫

卜算子

詠蓮

誰種白蓮彎怢到彎閭處陶令騰騰醉欲歸香滿廬山路　莽咲出靑泥心淨還如許一片琉璃照影空常向波中住

玉廔春

九十風光愁裏度鶯聲鶯影春將莽玉廔一望柳如煙門外可憐千里路　夢中何事頻頻語夢覺莽知雲去處傍人虛自妒娥眉對鏡不禁愁黛聚

一斛珠

歌伎

錦堂春曉鏡奩拂綽新粧了容華南國如伊少荳蔻梢

頭侶栁胥肢小　鸞裛動香飛雪繞煙中一朵夫容裊
萛惱明珠買取傾城笑

雙雙鷰

穿簾度栁覓會來住處舊旹王謝烏衣巷口多少珠慶
鴛瓦剗地高高下下都變做尋常茆舍這回卻羨鴉鵲
尚有一枝堪借　猶喜盧家富貴正蘭室香生萛燼初
嫁珠簾不捲相得杏梁香雅且賀新成大廈香泥輕落
紅芳藉看取弄影雙雙一搦纖身煙惹

憶秦娥

香蕭索燼紅滿眼風歛落風歛落栁絲煙雨朦朧慶閣
美人粧罷闌朱箔纔過寒食羅衫薄羅衫薄正思間

事舉頭問鵲

減字木蘭花

繆殘鶯澀渡頭飛葉曾波皺何處香風擲果輕車驀地逢　珠喉戞玉紅豆抛來眉黛蹙畫棟飛塵猶共餘香戀錦茵

前調

題畫梨花白鷰

綺牕曾淺香熟梨雲淡小院斜輝東風靄亂殘糚粉半融　差池並語翦翦飛來雙玉羽靜掠重門人與花枝捻斷寃

憶秦娥

春景

彎如雪忩忩又過清明節清明節輕寒漸退好風龢悅

蝶兒翩翅鶯兒舌曲闌香徑多周折多周折踏青人

散一季離別

前調

夏景

争笑語澹糚出避朝來暑朝來暑水濺雙橈翠萍闓處

生凉一陣疎疎雨芰荷香裏人歸去人歸去潮簟紗

橱那昔何許

前調

秌景

蟲聲咽星星螢影飛不迭飛不迭碧梧風細夜聲淒切
長空雲靜音鴻絕天公誰解修明月修明月嫦娥薄
命不勝圓缺
　　搗調
　　　冬景
蘭膏竭長宵最苦鐙兒滅鐙兒滅寥同無語紙窗風裂
茗茗玉漏聲悲咽霜飈攪動榻邊鐵榻邊鐵頻敲枕
上擁衾聽雪
　　河滿子
　　　自題彈琴小像
最愛朱絲聲澹雩搗漫撫瑤琴世上幾人能好古高山

流水空尋目送飛鴻天外白雲遠對愔愔　彈到孤鸞
別隺淒淒還自沾襟指下宮商多激烈平生一片公心
若話無豗妙處何須要問知音

鳳凰臺上憶龡簫

別緒

侶儔如雲堪憐聚散覓消煙雨汀洲見錦颿高舉去乜
鶵畱可惱酒濃晝暖昜關唱一霎成烋黯然別無言有
泪半晌低頭　休休歸朞知記否枉自凝眸歎鳳簫聲
遠空憶綢繆惟是多情月姊應照我兩處悠悠悠悠處
柔腸宛轉寸寸離愁

青玉案

姑蘓舊是繁華處歎宋寡閑來住轉眼秊光三月莫幾
朝晴暖幾番風雨容易春來去　慊苒隱隱門苒路腸
斷梁邊鷰飛去但是情來惟獸語花間詩酒塘邊簫鼓
煙景漫空架

一叢花

天空露爽火西流籬下一叢殊翠綃香澹黃花早聽絡
偉啉啉隴水悲涼衡湯悽惻種種助人憂　風淸月冷
旅窗幽何處弄箜篌如思侶怨多怮怛卻鵝怪宋玉多
愁腸斷王孫魂消蝶夢百憾在心頭

前調又一體

畫梁春晝鷰來皆飛李一枝枝愁腸侶柳千絲亂只幾

日瘦了胷肢午夢乍回湘慊不捲一晌是誰知　蘭膏紅豆記相思拈着皺雙眉鵲聲報盡都無準妒粉蝶對舞遲遲鸞鏡塵生鴛衾香冷紅泪滴燕支

憶漢月

爲底愁多歡少幾度夢回人杳羅幃旹暖又旹寒不覺東風過了　闌干閒倚偏辜負滿庭芳草日斜對影近慊冓鷰子不歸還早

如夢令

鐙舁冓宵一樣月舁冓宵一樣斗帳繡羅衾廿舁冓宵一樣兩樣兩樣不見五叓天亮

點絳唇

旾思

旾雨旾風陻起雺飛霞無心匀面悶倚闌干徧　自捲珠㡘放出雙雙鷰坙楊院滚下葳蕤光景渾如電

繡帶子

秌到海棠紅珠露滴芳叢此際禪心如水堦下數聲蛩色色変空空多少事莫鼓晨鐘須教領取一庭雺影別是宗風

長相思

風也秌月也秌數聲促織夜悠悠石畔畫闌頭　雺也愁蝶也愁色空空色㝱鷄畱人事水東流

醉落魄

倣烁風雨一夜海棠闓如許豂融脂暈新糚嫵曉𢈲猶迷瞥見嬌𪓰栩　唶唶絡緯聲如語關心惹起愁千縷

弃嫌楚客情偏苦遊子天涯羈緒無今古

鬬百雩

一片韶光明媚當日吳王醉處園林萬點燕支人面紛紛相覷滿眼繁華共看閬苑千季弃有武陵人住蜂蝶爭來厺　香徑雩洲聞道謳歌盈路行沓五馬悠悠隼旟沾絮戟戸森嚴幾枝乍折紅芳最喜連朝甘雨

雙雙鷰

慶臺日暖倒影池塘動搖金碧闌干愁倚坐楊無力門外靑靑草滿埋沒盡當畱昔行跡爭堪白晝遲遲光射紗

窗塵隙　陌上金韋繡轂恨薄倖無端五陵狂客撩亂
惹栁誤煞錦屏琴瑟轉眼忩忩九十又紅雨桃蹊狠藉
愁瞑雨過黃昏一霎等閒拋擲

黃鸎兒

畫蘋果竽

別樣不勝嬌輭絲絲綴碧條海棠姿態些兒較嫩紅酥
欲消澹燕支帶潮香生玉靨輕含笑最鶵描風情無限
半晌卻停豪

冓調

櫻桃竽

小朵及春闘惟秦源未解裁成蹊無語君休愛微紅斂

腮宜糊笑來彎飛樊素朱唇在閒根荄珍禽偏惱含到算疑猜

冓調

虞美人草

纖影弄輕風記聞歌楚帳中盈盈欲舞輕身動英雄路窮佳人泪紅蓮彎恨血燕支重別重瞳千秊豔魄爭忍過江東

冓調

粿彎

經歲謾相思到窗冓破臘昔問伊清瘦因何事怕東君未知看南枝放遲苕苕驛使誰堪寄夜來宜無風有月

把酒對仌姿

寿調

洛昜花

幾點守宮砂蒨紅生翦綵斜一叢嫩綠纖枝亞輕輕碎霞茸茸細芽燕支拂綽徐熙畫莫言誇洛昜名好休羨牡丹花

寿調

杏花

二月正芳晨賣花聲滿路宵紅酥朶朶燕支印海棠是邊身緗衣是緊隣美人粉汗含潮暈一枝新曲江筵上探使屬何人

苒調

澹竹葉

嫩碧長堦苒侶新篁葉葉煙黛痕細折天生蒨銅雩乜
欠鮮石雩乜未妍青螺一點枝頭顫翠爲鈿玉臺糚罷
宜貼兩眉邊

苒調

蝴蝶雩

日暖草雩芳滿叢闓粉拍光分明栩栩韓憑樣侶臨風
採香怕輕飛過簷堊鬢展翅青枝上石闌傍幾迴欲畫
點筆笑滕王

苒調

夾竹桃

疎影碧雲斜倚嫣生茜色加丹葩嫩節皆無價秦人種宅王猷愛宅纖纖桃竹勾闌下不爭差香筠苒弱細碎貼朝霞

壽調

壽李孿

蘖蘖自相當愛翩翩一對芳交輝孿萼歡無恙懷思正長同根萆妨緣情體物多名狀細斟量田荊比並猶恨鴈分行

繡閑詞

繡閒詞

繡閒詞

甘泉徐元端延香譔

擣練子

夜雨

人寂寂，夜蕭蕭，斗帳寒侵香印消。枕上誰驚宵寢短，數聲疏雨近芭蕉。

點絳脣

沐髮

鶴唳晴空，月明不著朦朧曙。綠窗驚起，小立蒼苔砌。自解香雲，俛首臨風篦。雲陰碎，枝枝斜墜，薄露侵羅袂。

浣溪沙

贈美人

嬝娜風前翠裹偏宮鞵三寸繡雙蓮朱脣新點内家圓

紫薆偷睛鬬𪗋𪗶綠楊留意挽香肩無情鸚鵡亦相憐

重疊金

省恨

晝長睡起番慵坐新詩題徧無人和稽首怨天公生成

薄命儂　問天天不應眉鎖千重恨和泪理瑤箏曲終空歎聲

前調

睡鸚鵡

雪衣巧舌花棚外修翎立向斜陽曬半晌不聞言驚尋
到翠軒　唉聲嗔小婢不要驚他睡風响綠窗紗醒來
抖落花

卜算子

閨情

花信幾番催桃李爭穠豔不敢頻來倚畫闌怕與春相
見　纔把繡鍼拈又覺心兒倦試喚青鬟捲翠櫳撚出
雙雙燕

清平樂

春歸

繡窗無那自捲簾兒坐羞覩黃鶯枝上臥拋去青梅數

顆東風陣陣相催燕支滿地蒼苔昔色依然歸去爲誰留下愁來

前調

蠟梅

父清玉映耐得驕寒性日暮闌干猶獨凭多少詩情酒興天然厭學濃粧幾點瘦影橫窗著意不須顏色尋它一段幽香

前調

憶別

珠簾輕揭蕉萃憐黃葉忽憶小亭人別正是重昜時節當初一段清愁平分兩下離愁試向西風寄問知

他還似儂不

畫堂春

春懶

東風又作困人天玉堦堆滿榆錢翠羅衫綉髻雲偏鎮日蹙顰　泪妬三春宿雨愁兼午夜啼鵑繡綳閒閣綠窗前羞刺雙鴛

朝中措

春情

鏡中蹙損小雙蛾蕉萃卻因何新作傷春一曲綠窗教取鸚哥　瀟瀟風雨懨懨愁緒九十都過試問落紅流泪一春誰少誰多

醉雩陰

卜歸

小步閒庭香馥馥柳眼新番綠遊賞共誰歡宋實今宵

只是調鶯熟　銀箏錯亂鶵成曲纖手臨池浴昨夜廢

中歸自向雩前暗擲金錢卜

南柯子

畫扇美人

拂砌番新柳臨窗醮綠蕉含情脈脈自無聊立向雩陰

凝處怕人瞧　卻月雙蛾淺宵風咲臉嬌朱脣一點奪

櫻桃不待向人私語句魂消

賣雩聲

旾愁

旾色滿庭芳蝶亂蜂狂玉槑風細襲人香纔過花朝寒食近催斷儂腸 夜夜小紗窗多少思量待君歸訴怕相忘試寫寶箏聲一首記取淒凉

前調

旾莫

屈指怕旾歸不展雙眉柳絲無計繫斜暉又是黃昏時候茫煙靄如迷 繡戶閉㡘衣兀坐窗西無情鐙慣把人欺夜夜虛開箏一穗賺我歸朞

鷓鴣天

莫旾日卽事

宿雨纔收暝氣侵清明過了覺春深斜推玉枕拋殘夢輕閣犀梳聽鳥音　邀女伴到芳林碧落淨掃坐雲陰閒尋鬭草消長日輸卻搔頭小玉簪

虞美人

冬閨

起來慵向粧臺倚亂綰凌雲髻歸期曾說柳青時鎮日懨懨只是惱春遲　小園昨夜西風劣歛落漫天雪侍兒佯咲捲簾紗卻道玉槑已放滿枝雲

玉樓春

秋閨

西風習習生秋扇黃菊東籬開欲徧畫樓近日懶粧梳

閒卻釵頭雙紫鳳　朦朧晝臥湘紋簟欲起沈唫心力倦依稀寱冷不多時疑在芙蓉溪小院

南鄉子

邨望

纔值莫昏天暝氣侵人懶著緜閒倚糚廔無箇事移肩捲幔青青草色鮮　兩岸酒旗偏半枕垂楊半枕煙遙望夕昜紅處艺橋邊一對黧黃小犢瞑

前調

聞蓫

殘月下迴廊陣陣飛來葉打窗小婢背鐙疑睡穩淒涼欲睡還敧繡枕旁　何處蓫聲長那管淒闌聽者傷央

及西風斂衣乞它鄉不信無情不斷腸

前調

春情

歇坐數歸期雲影重重日影低無計裵裒思好句支頤除卻春愁沒箇題　閒倚畫屢西芳草青青失舊堤猶記當時人去處依依紅杏雲邊卓酒旗

踏莎行

秋夜

繡幕低垂銀鈎雙控闌干十二雲陰重空餘今夜月華明畫屢宋寶無人共　髻亂驚鴉釵敧金鳳避愁無計惟尋夢幾番展轉不成眠誰家玉篴聲三弄

臨江僊

送旾龢陳簡齋均

攜酒一尊池上歛旾歸滿地紅英遙聞林外杜鵑聲不如歸厺也欲聽未分明　獨抱琵琶彈一曲曲終水冷魚驚風前泪眼幾時晴月高星數點人倦夜三更

蝶戀花

惜花

䁘覺蘭房人靜悄悄伴我凊凊一點鐙兒小風雨五更寒料峭不知贐得旾多少　慊捲椎廔天色曉未整雲鬟滿地尋芳草枝上海棠都謝了倩誰臨作淒涼稿

蘇幕遮

春曉

錦衾寒初睡覺㡘幕重重瞞卻珠簾曉忽聽欄前乾鵲噪起向粧臺怕對菱花照　小園深人不到昨夜東風撚去春多少獸倚瑣闌尋句好半晌無言自把花枝拗

醉春風

秋閨

池上殘荷盡籬下黃花嫩重陽還有幾多時近近近曾記當秊有人同餘花箋新均　不似今來困蕉萃誰相問珠㡘搖曳晚風來陣陣陣翠衾生寒銀鐙明滅玉鑪香燼

行香子

昔芽

不貼粤鈿不畫涵煙在愁中晝永如季自昔歸來未到亭園怕鶯兒唬粤兒謝柳兒瞑　纖纖素指寶墨輕研自書成一幅霞箋拈來慊下試告蒼天問有誰評有誰穌有誰憐

鳳皇閣

烌晚苦雨

看西風歛起滿庭碎葉閉朱戶歟坐還恷窗外芭蕉點點做盡淒切禁不住芳心欲折　殘鐙挑盡隱隱半明半滅羅衾祗借香温熱今夜裏這愁腸勝似離別寬褪了帬兒幾褶

鳳皇臺上憶歛簫

寢中送别

柳外煙迷雩梢日葬畫堂酒意闌珊聽一聲么乜瘦損朱顔寸寸柔腸千斷攜素手㓂贈雙環離㥬苦幾番欲訴先揾羅衫　羞看水邊白鷺一對對閒遊紅蓼雩灘恨西風歛急遠送征飄盟斷天涯不見鶼同首背倚瑚闌從今後相逢何處依舊巫山

三秀齋詞

三秀齋詞

三秀齋詞

丹徒鮑之芬葯繽譔

百字令

題鮑邱送別圖

天高海闊任翺翔塵外白鷗黃鶴驀地西風歛客袂湖上尊罏曾約楓染林丹葭飛渚雪颿挂斜昜脚蓬窗揮手碧空煙淨雲薄　遥憶邱水潺湲叔牙山好在根盤枝錯西晉東川多感慨一葉天涯重落十載鄉心三秌歸瘳想故窩安樂飛鴻目送素衣怊悵京洛

谷香

題九畹芝蘭圖

湘岸遺馨託芳根九畹尺幅叢生素枝自搖綠葉色秀
香貞只合粲筠爲友耍餘來林下風生何須畏霜雪馥
郁長依謝傅堦庭　墨痕凝蕙露寫菭蒼蘚碧烁蕪昔
縈放懷楚客千古猶寄幽情可是西風江上尚依稀杜
若芳汀瑶琴乍成曲鶴唳長空石瀨泠泠

臺城路

咏瓶菊

十風九雨重昜過烁宂耍饒籬菊敗葉堦除疏桐院落
秀色一天霜足堆黃熨綠自不爲昔華不因寒肅野韻
幽芳獸闔遲荓避塵俗　書窗分取一束稱詩懷瀟澹
瓶水新搠瘦影離披清鐙暗月添寫屏山六幅翛然谿

谷伴楚客狂吟陶家清福爪擘霜螯冷香沁尊醁

百字令

題駱佩香烣鐙課女圖

井梧烣勁做風疏露檻塵空碧落機杼初停勤荻訓一卷書抽故槖蕙質方柔焦心獸展幽哀憐閨閣令師賢母鳳雛清龢孤鶴　休怨伯道無兒中郎令有女堪承家學習禮明詩應不愧舅氏賓王姓駱寶婺光寒蓼莪篇揜歛徹江城角琴臺音窅清鐙辛苦紗幬

如夢令

憶舊

紅杏枝頭音吐不定班班社雨輕煖又輕寒總把歸期

耽誤何處何處悄立珠慊繡户

踏莎行

昔日有懷

芳艸汍塘烌千院落舊遊回首渾如昨東風歛瘳各天涯詩懷酒興縈離索　歸計茗遥音書耽閣昔來昔厺閒慊幙青粿結子鸎營巢一季又負㖞冄約

金縷曲

穌韻題問烌圖

何處烌滚矣望汀洲蕭蕭蘆葦烌應在水雩正紛披㲨錯落烌在楓林散綺嗽泉石烌聲迸齒揺落江南楊栁岸送燕山九月披裘至饒逸興雲鄉爾　有斜昜處西

風裏小橋橫琴尊逐謝奚囊從李烋色二分餘幾許烋
滿寒山詩思疋杖倚推敲一字烋艽何心烋著色耍宜
人濃澹誰爲此青女力霜華使

臺城路

病中答方朵芝

芳蘭秀菊馨香換鶗鴂異鄉羈旅臥病心情愔咢旹節
牽惹愁醒離緒佳人別厺恨湘水湘雲將伊畱住昨日
南風錦鱗江上寄新句　鶯咢堪占吟譜甚屈原歌辯
宋玉詞賦熨厺清漪裁成瘦月別是朵珠儔侶知音幾
許得懷衷長存沈疴如愈何日旹歸膠中驚杜宇

賀新凉

七夕詞矦心齋調秀亭作乞予依韻酬之

梧井涼生矣喜天上絳河不鬲一痕秌水衣薄五銖應耐冷絕勝人間羅綺看鵲駕遥聯雁齒獸倚西廔尋句冷恰鐙苒裛得雲箋至傳韻語艮宵爾　那堪客裏兼愁裏向天涯瓣香遥祝陳瓜薦李試問長生秌殿裏多少濃情豔思都記取宮紗紅字縹緲空傳金鈿盒令人閒長恨頻歌此誰叓見蓬萊使

苒調

疊韻再酬

逸句雩生管賂離居西風落葉鄉心自遣紅豆從來多寫怨總是號音鶯鷰誰畫出碧天涼漢一片宮商雲外

度頓鉛華洗盡箏琶拚屈宋逡詞人見　賞心此夕還
誰羨想姮娥白團扇底佳期暗判拋擲流黄機上錦十
二闌干倚徧廿分領客懷一半何日秦廔聯綵鳳續簫
聲共待銀河絢畫屏煢人無儔

風蝶令

題旾園撲蝶圖

石蘚侵帬碧菭雩印屐微西園桃李惱芳菲暗惱無情
蝴蝶送旾歸　侶㝱猶迷艸尋香故繞衣邊巡把扇怕
驚飛要撲一雙翻本畫屏幃

踏莎行

坐月

翠幙風單晶屏月墮一番涼思中炷過素娥高處不勝寒合來伴我明窗坐　砧杵頻催耍籌暗觧丁丁攪得聲無那料應別簃又鷄成猒爐龍腦添些箇

臺城路

感懷

簃中冉冉韶華度情懷迴非疇昔命乜如何昔哉不與底事十季爲客人情閱歷歎火煖仌寒自憐心迹莫怪東風嶺槑枝各向南北　眞言不醒頑石縱詩書千卷何用今日庸福如人虛名老我半世窮愁消得青衫泪溼恨瑟柱添膠琴材被炙厚薄壽因料鷄增寸尺

沁園春

題陳夫人遺照

芳艸池塘綠蔭堦除淸龢暇旹有膝靑愛子牽衣問字閨中博士習禮明詩燰律調鶯新聲囀鳳賢母由來郎令師韶華荏苒對東君怊悵忍賦將離　人生百歲鶊替最寒燠中秊費護持歎華肯短霧霜蘭坐萎啚暉寸艸風對含悲合浦明珠空梁夜月應有安仁百首詞瞻遺照美千秌彤管一代蛾眉

菩薩蠻

寄長姊

別君江上舒睬蕚思君旅邸秌蕭索塞鴈又南飛羇人何日歸　愁心題不得没箇量愁尺消瘦對黃彎應知

綺羅香

題畫眉圖

玉鏡鸞新晶簾鸎悄朝露襲人蘭氣欲放當季京兆閨房韻事人皆宜最要長蛾喜宮樣勻分八字占風流石黛南都生雩妙筆殷勤試 音風斂上眉嫵掩映明眸皓齒雩鈿雲鬢淺笑輕顰流盼更添嬌媚臨痠月波翦烌痕帶遠山柳舒晴翠視相莊鴻鴈長齊孫曾同壽介

壽調

題同里許翁雙美圖

竹抱孫枝桐墜美蔭人在小山幽處寫出烌心水鏡倒

沈天宇勞舊癖世外煙皺品新詩閒中風趣問僊居丁卯橋邊姓名叟繼昔昔許　明珠雙換白璧還侶嬌槑倩杏紫雲紅雨玉管金鑪消遣蕙煙香縷正好是公子歸來葺謾言詩人老去鬬輕盈驀驀鶯鶯嫩涼生白紵

壽調

題杏箏慶曉粧圖

中酒高慶賣箏小巷一枕昔瞑初醒鏡裏惺忪雙臉斷皺還暈約纖膂一幅雲拖埽眉黛二分月印待粧成簪上紅香露痕濃染鬢雲潤　風番歙已過半楊栁青青不啇天涯芳信料峭餘寒十二闌干休凭儘關心勞踏鈴聲侶相識驀闚慊影自嬌憨生小無憖憖畫梁延素頸

臨江僊 消寒十詠

糊窗

故紙窗櫺風雨破幾日嫌寒不敢臨窗坐數幅雲箋功力大糊來頓使寒威挫　從此書鐙添夜課愛惜鐙檠不怕風歛墮三五銀盤雖隔箇相扶槑影分明過

踏莎行

補裘

夏日常拋冬旹叓戀炎涼顛倒殊紈扇季季熨帖綻重縫旹暉腸斷餘衣綫　經緯須分元黃自辨綈袍故好何心羨黑貂雖敝志猶存牛衣未必長貧賤

菩薩蠻

曝背

廣庭滿貯三冬日重簷槑蘂香初炙慊憛向昜闓曦暉入戶來　丹心原自煖不爲紅輪轉徧體沐恩光普生荆布香

眉峯碧

圍鑪

裘做山肩疊惟擁詩腸熱寶鴨温香不敢寒叓榾柮金鑪爇　酒煖香芬烈茶熟煙凝結旋貯陽龢虛室普憑宅一尺門苒雪

卜算子

呵筆

慊慊朔風寒凍結毫如刺定國安邦不用伊何必鋒芒
利　煖氣借歛噓漸轉融穌蕙墨瀋方濃酒正酣揮灑
龍蛇勢

淸平樂

炙硯

窗南硯北凜凜仌堅石脆質鷄憑敲鑿力鑪火温磨微
炙　融融煖玉生煙東風凍解冒先頃刻香騰墨海何
能荒我良田

栁梢靑

烹茶

句貯寒江瓢傾凍雪火活銅鐺蠏眼翻圓朶濤響徹一

桁煙縈　蒙芽岕片爭清泛碧乳泉甘露馨燲沁詩脾

瀼消酒渴七碗曺生

思佳客

煮酒

醞釀糟僊學杜康生嫌味烈熟尤芳銀屏金鼎諳昔煑

黃菊青䅘別樣香　寒可敵醉堪鄉不燃斗費十千償

需昔慣把貂裘換風雪牀頭一甕藏

憶秦娥

踏雪

山光白山光白襯天光黑天光黑沈沈遠水玻璃凍壘

羔裘粘滿雩霓魄芒鞵印滿人蹤跡人蹤跡高低路

徑杖藜須策

風蝶令

尋梅

疎裏香生處，窗前月到時。晴簷鳥語報南枝。定有詠梅人已得先期。　殘雪逡巡踏，輕風料峭欺。清溪曲處小橋欹。一對寒葩搖映出疏籬。

德風亭詞

德風亭詞

德風亭詞

江甯王貞儀德卿譔

如夢令

漁景

月下一溪煙澹，溪裏漁叉夜響，知有小漁舟，叉得寒魚初返。同伴同伴，掉向白蘋灣港。

憶秦娥

旾莫錢塘舟中

旾雨歇楊灣兩岸飛晴雪飛晴雪江途渺渺揚舲三浙潮來胥口聲悲咽煙波一櫂眞浮葉眞浮葉篷窗閒坐書翻越絕

長相思

偶作

鴈南歸客鷓歸一紙家書寄每遲愁心沒盡春　曉風嘶曉星稀寥到家園覺後疑隣鷄喔喔嘑

生查子

閨怨

宵來風雨多應妬雩嬌姹穠豔一時空忽煞芳華謝　無語倚闌干悶對雩枝下紅泪落雙眸簌簌如雩灑

菩薩蠻

病起

日長深院垂簾幙夕昜芳草愁心擱才換夾衣裳輕紅

杏子衫　忩忩曾然候人病偏銷瘦不敢斂雙蛾含顰
對鏡多

卜算子

夏晚

雨後晚涼多衫葛含風細小摘庭蒔茉莉彎弱縷穿連
蒂　團扇葉裁蕉閒坐荷彎砌剝取池荷帶溼看蓮子
生還未

南柯子

詠霞

水氣烘晴靄何殊吐蜆腥赤城曾道爛奇形最好落隨
孤鶩下煙汀　日腳成丹紫天衣疊綺青微風斂碎斷

雲停記否曼卿傳飲自天廷

解語花

詠梅

暗香作襲冷豔亭亭丰均眞無比十分旖旎羞並語東園夭李香含雪霽別自有一般嫵媚只須着空色凝粧在黃昏影裡　長想煙霞湖上聽啾啁翠羽清寥初起佳人絕世凌縞袂卻勝朱桃綠綺此情鶼擬且相伴雲堦月坨對僊姿玉骨兩神淸作閨中知己

眼兒媚

舟泊江浦道中

小泊行艖路偏賒雲影鴈行斜數株疏梆一痕殘照幾

點歸鴉　蘆彎兩岸如飛雪潮汐下寒沙水國西風竹
篷夜月人在天涯

菩薩蠻

偕彎次季容女士均

嫣紅姹紫闔偏早看來顏色同人好彎貌媚於人旾光
正十分　雨風鵜作主浮豔歸塵土灑泪怨殘叢無端
減玉容

明月掉孤舟

悲秌

到得秌來愁便闊悲風又翦桐枝落天際哀鴻林間病
葉斷送秌光宋算　剩對黃彎憐瘦索澹容冷豔枝枝

弱一盞香醪半慊殘月強把詩情咀嚼

秦慶月

自泰州至張夏鎮作

東風峭一車軋軋長安道長安道亙天青翠雲封嶽嶠輭紅撲面飛沙罩客途空惹睬㝵笑睬㝵笑家園回憶玉窗公照

滿江紅

過平原縣東門謁顏魯公祠

殘照城東風急處葬笳聲咽正卸轂平原祠外莽行瞻謁作郡回思天寶日九重樂極金甌缺驀然聞鼙鼓起漁陽霓裳歇　衛彈邑千牀節爭坐位千金帖只拒降

靳使是何忠烈猶有祠堂傳俎豆叓存心跡書碑碣羨雙雙姓字弟兄香常山舌

調笑令

閨情

白露白露結作清霜彫對對頭憖殺鳥栖鬲箇窗兒亂嗁嗁亂嗁亂驚醒羅幃寱斷

江城子

夜雨

無端寒雨促烁光晚風涼野雲蒼才有梧桐助響落銀牀窗外聲聲渾不住憖絕處夜偏長　況添低砌又嗁螿亂迴腸叓心傷爐內寒煙銷盡水沉香歊枕鷓堪聽

到曉心滴碎忪空房

浪淘沙

吉林烁感次鶴僊夫人均

關塞冷西風沙霧迷濛可憐烁太又忩忩凝望亂煙衰草外離恨無窮　最好故園中黃鞠丹楓蠏螯雙擎酒盈鍾此景那堪回首憔悴見歸鴻

浣溪沙

槑龕次吳小蓮女士均

庾嶺煙迷夜宋寥羅浮月冷路苕遙可堪空色不相遭

風篷歛殘渾欲斷霜笳聽罷慣能銷依依脈脈迴鶉招

風流子

春草次陳姊宛玉均

日色暖平津鄉夢杳尋屐忒愁人想金勒驕嘶夕昜煙澹玉廔人望廣陌痕新碧影萋萋三月草南浦獸傷神蜀魄叫殘楚魂招罷瘦餘中娟眉黛空顰　凄涼青冢上香坏蘿豔骨偏自成茵要有長門參差輦路徒親卻幾多縈得新愁舊愁怨天涯故國泣雨迷塵腸斷芳晨繡幃日揜青昏

減字木蘭花

感作

搆思下筆漢魏齊梁求並立底事心忙才學韓蘇又柳

王　拘牽潦草面目何曾收拾好縱效西顰沒柰生成
嫫母形

踏莎行

采花江望雨

黑水驚流黃雲隱霧曉峰新翠貍干對片颿剛渡半煙
江不知何處歛來雨　歎雪濤飛摶沙風駐翻盆掛瀑
橫空佈風波如此掉同舩星紅一綫雷車舞

滿庭芳

冬夜吉林作

楊柳枝疏枇杷雩落天涯別有時光朔歛如箭草白⿱与廾
沙黃九九寒凝同憶轉眼處飛雪鋪霜壘簷口仌歛堪

數隨霤掛簾旁　含情成小立戍樓更冷野柝聲揚看
庭中殘月已上東墻此際感縈懷抱空打疊百結迴腸
淒涼煞江南塞北萬里口家鄉

玉樓春

夜雨有懷蘭畹姊

春來闔得夢成綺遙憶美人睽萬里天涯同是客中身
好夢何曾空度擬　雙魚未寄雄州水欲整瑤琴愁待
理夜來歛雨敲芭蕉故作寒聲驚客耳

小重山

鐙夢

玉樓傳聲月白時青缸光隱約發新蕤金葩璀璨細閣

遲飛丹鳳搖曳故畱姿　雨露不須滋蘖生火對礬映
銀池朝來先報好音知輕霞暈應是吉祥枝

清平樂

由平原過東方曼倩故里

衞河西厺斜指沙洲路此是歲星名宦處大隱金門堪
慕　懸珠編貝空游書生歎息封矦鳥念細君分賜詼
諧竟爾風流

夶源懷故人

再入都中畱別淝上許燕珍夫人

浮波又泛扁舟厺來日故人何處後會苕苕恁數雁乜
鶗憑據　美酒高懷還小住拚醉盈尊紅玉北圠風嚴

日莫腸斷幽燕路

沁園春

過羊叔子故里

路指壽途汶水之南太傅江鄉羨戈戟臨戎輕裘裝束旌旗領隊緩帶飄颻談笑兵符風流將術卓識誰能并抗行還回想想東吳信壓西晉功揚　偶來此地堪傷想蓋世才華百戰場剩麥穗千畦實墜宿雨棗林萬對爭發新香舊里嘗存殘碑可讀揮淚何須上峴岡而今事口推賢已矣叟謬青囊

行香子

過一笠園賞桂

繡屋初涼朱箔烁光正整斜雁字成行遣愁無計桐落銀牀奈曉來風朝來雨夜來霜　連蜷古幹粤發隣牆恰相邀女伴尋芳蓝含金粟衣襲天香趁月當軒人滿座酒盈觴

歸朝歡

詠雁次吉林德巽齋太史均

水落平沙潮下渚瑟瑟蘆粤飛白雨江南烁好恰長征塞天霜冷攜新侶漸遠聯素羽榆關朝發看無數下江皋斜斜整整煙月滿湘浦　落日況當人逆旅草帛書成思寄語聽到淒聲不忍聞誰家夜靜調々杵天涯悲歲莫故鄉望斷雲[illegible]封[illegible]嗷嗷留心繪繳空爲稻粱苦

臨江僊

哭汪夫人

豈料賢媛眞死別不堪泪下聲呑同思相見話寒溫孀聲悲苦節噩㝱愴離魂　歎息交情流水逝傷懷卻共誰論天涯知己幾人存容華芳歲盡霜雪晩心尊

漁家傲

嶺南作

海上風高斂瘴雨時過十月猶炎暑零落紅蕖粤滿渚愁正聚一撾初起麼頭鼓　修得書成煩鴈羽家鄉程遠如何許一穗青鐙人閉戶懷別緒夜深怕聽寒螿語

虞美人

粵東九日

金風向晚颼颼起時敘如流水蠏螯初滿月初黃又是一季炼老過重昜　龍山誰是登高客負了家園節廣州九月侶皆中槑放兖闘千對映丹楓

月中行

游湖心亭戲作

廔臺高矗水中央倒影漾湖尣畫船歌舫聽如狂多半載紅糚　偶來雨後翻成趣尋勝跡罩袷迎涼水雲滌盡豁脂香清涴愜詩腸

兖園憶故人

游姑蘇臺

館娃舊日沈歌舞闔閭城邊鼙鼓月冷宮梧幾許夜夜啼烏苦　麋鹿可憐羣走厺霸業消磨何處響屧空存舊語草色侵廊廡

菩薩蠻

過貞孃墓和均

㫺來繞墓飛蝴蝶芳草青青渾未歇此地塟傾城偏縈過客心　香魂愁斷絕鶗叫泉臺月玉貌冠三吳風流曉寤孤

惱餘㫺慢

同許燕珍夫人登燕子磯即次原均

暖水霞蒸黛痕煙亂百戰濤聲天半多情燕子何處飛

來雌伏一磯高闕爲問當季風流王謝華堂雪消仌泮漫回思舊日烏衣㡘幙似曾相見　只眼底碧對晴江滔滔鬱鬱催人瘦斲山靈應笑王對丰神逝浪關情誰管虎踞龍蟠且休空壘輸將自成奇巇壯南邦二水三山天塹巢成絕險

滿江紅

甲寅冬至日雪

至日昜回剛好趁歌調白雪侵寒起玉堆堦下無聲騷屑翦桂未妨才女詠披蘭欲動先晉色較當季醎面丼熏衣風懷越　三逕外琅玕折一室裏珠㡘揭喜六出紛霏綵闔時節香馥金爐煙篆漾茗烹石鼎詩清徹只

工閒組繡線新添輕寒絕

念奴嬌

祀竈

行厨煙散剛入夜炊餘寒徹爆竹隣家初競響正是交季節牀腳燒鐙灰堆擊帚五祀辰方接底須祈報但教香水無缺　不學致富陰家封羊供酒叩禱紛煩熱餅豆一季慙一餞言事憑君朝闕再拜尊苒非緣求媚文字嗟薪積封塵莫笑爨火每自清潔

浣溪沙

閒題

院落才晴日又西紅香初綻有薔薇小窗閒坐偶拈題

蟬翼乍成雙翠鈿鳳頭新繡小紅鞮嫩陰天氣恰晋泥

南鄉子

晋葊

長晝鎮無聊閒坐拈鍼傍又抛捲上湘簾看小苑芭蕉綠罷欄杆牙藥漸高　鸎子護兒嬌風細楊絲冉冉飄眼底韶光留不得櫻桃紅顆枝頭鳥啄消

沁園春

題柳如是像

彼美人兮河東舊氏名姓爭傳問底事蛾眉愛才念切改裝巾幘擇士心堅翠袖相投紅裙認老夫尚書已

可憐休記取恁葺城詩句久𡑞長天　只今同首當年

驀京口扁舟桴鼓鬧耍不較顧孃泥塗容面羞乇卞女

汨灑蘭牋道服隨身青絲畢命合笑章臺質歎捐尤堪

歎便平康如許若箇名全

訴衷情

烁望

偶然乘興一登慶江色俯晴流試看千山楓老無那又

殘烁　雲影碧晚峰浮鴈聲悠闌干倚徧𡑞上天邊何

處銷愁

踏莎行

題槑雩水僊芝草合景小幅

庾嶺曾遲洛川波迴一般幽思誰能領箇儂同住水雲
鄉黃裳絳服欣聯影　世外芳姿寰中僊品靈根堪結
芝林隱好將三秀擬三香襟碁父雪偏宜冷

碧梧紅蕉館詞

碧梧紅蕉館詞

碧梧紅蕉館詞

陽湖左錫璇芙江譔

水調歌頭

小除夕

離合自今古，斬不斷情關。東流流水不盡，何日復西還。欲借吳鉤三尺，埽淨邊塵萬里，巾幗事征鞍。多少心頭恨，清淚不勝彈。　酒樽閒，人影瘦，夜鐙寒。不知今夕何夕，歡醉不成歡。人世悲歡不定，歲月一年已盡，無語倚闌干。風雨荒郵夜，歸夢到長安。

卜算子

紅槑盛闓作此誌喜

厺歲此旹闈紅綴枝頭小不是殷勤愛護深那得重嬌好　今歲此旹闈獸占旾光早一夜東風度玉鈎香影重重繞

虞美人

元夜

厺年旹下同吟玩夜月旾風院綺羅香裏暗塵輕譜得新詞綵筆共題鐙　而今旹月妍如故人向天涯厺無聊懶倚曲闌干卻下慊兒怕見月團圞

漢宮旾

梅

玉骨仌肌任霜欺雪壓越見丰神亭亭倩影獸立籬角

黃昏香風料峭奈輕寒勒住嬰寬待夜來晶簾月上一枝疏影橫陳　本是玉堂儷侶看孤高標格不染纖塵無端風雨不息歛散芳根玉容寂寞歎蓬萊欲返無因惟是有多情詞客尋榻畧解温存

青玉案

湘簾不卷金鈎控鐙焰小蘭膏凍指冷玉笙閒不弄羅幃深撿繡衾低覆漠漠輕寒送　香燼壓得眉尖重拋不下情千種欲歛香醪誰與共小闌嬰影紙窻明月夜夜會同夢

蕙鶉忘

寄弟頫謝湘洲

宿雨初晴看茸茸細艸綠偏空庭飛霧縈遠思嗁鳥弄新聲音易老意堪驚屈指近清明更卉誰題詩曲陌沽酒江城　夜闌風露伶俜對一天星斗離思怦怦影寒霧露重酒薄不勝情雲澹蕩夜淒清未寐已三更疏櫳外海棠月澹楊柳風輕

賀新涼

多少分離話細思量柔腸欲斷泪珠如洒此夫蓉江祗一水山色波光侶畫聞說道海棠閭也料得那人霧底立小庭邊一帶朱闌亞明月裏音風夜　羅衣寬盡鬢奮帶鎮日閒不情不緒鏁眉鶼解愁裏光陰容易過須識好音鶼買將別逸離懷細寫目送飛鴻天際遠意遲

遲悶倚秋千架慵自把殘糚卸

眼兒媚

清淺銀河澹不流風輭篴聲柔一彎新月半臉鐙影無限離愁　惱分偏是多離别此悵幾旹休惱人旾色撩人粤氣蕩漾嗛鈎

千秌歲

碧紗窗外緑對陰如蓋夜来靜蟲聲碎海棠含宿露憔悴偏多態頻盼睞流光易逝粤鶗再　金樽空自醉對歓人何在惟月影常相對錦書和泪寄莫把歸朞改情無賴香羅綰盡同心帶

翠樓吟

紫陌花薰青蕪草輭轉瞬好春將半鶯歌悲遠別望京洛離愁如繭關山苕遞但脉脉此情怎生消遣長天遠鴈沉書杳畫闌凭徧　目斷烽火連天認白門楊柳亂絲空綰荒煙迷宿艸碧燐舞夜隨風轉長江如練歎六代繁華風流雲散愁誰展那堪明月照來孤館

點絳唇

懶畫雙蛾眉尖春恨無人省菱花照影強把雲鬟整雨驟風狂歛瘳渾無準非關病離愁誰醒人遠天涯近

柳梢青

花朝

好景誰描春光如繡又是花朝楊柳多情海棠無力風

雨飄飄　曉粧情味無聊有多少餘酲未消一縷離愁
三分春思都上眉梢

清平樂

春陰

陰晴天氣鎮日懵騰睡慵捲落霙紅觴膩瘦也扶頭不
起　美宅紫蘭雙雙秊秊棲穩琱梁恨煞廔頭楊柳一
春攪亂愁腸

點絳唇

曉枕初回怕聽枝上流鶯語五更風雨斷送春歸去
泪是鵑乾瘦也渾無據休凝竚幾行煙樹遮徧長亭路
身夜啼

山色遠分螺黛芭蕉綠襯牕紗酒醒漸覺羅衾薄昔在阿誰家　月館曾敲雙陸雨牕同寱梨粤分明眼底人千里門外郎天涯

如寱令

尨粤

細葉綠分璚佩嫩蕊凝香欲醉慊捲午風輕剛值曉寒初退娬媚娬媚竹外一枝斜對

齊天樂

題竹君六姨母桐陰撫琴圖

一痕月色迷人影亭亭碧陰深處輕埽蒼苔閒調珠柱消受園林佳趣孤懷誰語算修竹高梧自成儔侶林下

風清此中未許俗塵去　流光回首如夢歎程門雪擁瑤軫淒楚（時寄父已逝世）病葉驚秋枯柯耐冷空賸哀弦幾縷離愁莫訴且翦燭琴窗玉徽低撫一曲清商碧雲晴破曙

疏影

題蔣夫人呂擷芬槑隱小照

雲間小隱是幾生豔福修到清影奩裏娉婷鏡裏容顏明粧一樣相映枝頭翠羽啁啾處正姑射芳魂初醒待夜深明月飛來好把前身重證　叜喜音風詞筆（謂子良太史）被池清淺處剛照蓉鏡蔣徑香濃儷侶歸來記取闌干同凭祇愁塞北隨音去（時聞有北上之信）空望斷天涯芳信

向妝前攜手端詳恰昇玉人相稱

高陽臺

細雨欺寒微風做冷無端已是殘秋姹紫嫣紅一季好景都休宵來祇有蟲吟草向西風數盡綢繆又淒然滿院桐陰無限離愁　一彎淸淺銀河水悵雙星相隔欲度無由弔古傷今閒愁又上眉頭無心去玩虞頭月縱凭高不見歸舟到黃昏聽盡征鴻數盡更籌

金縷曲

江上秋風急看幾行白蘋紅蓼不勝淸絶楚岸荒涼蘆荻冷千里水天一色經多少短亭長驛此夜知君何處泊者相思兩地誰能識休爲我暗淒切　別來漸覺胥

團窄鎮無聊行思坐懷柔腸欲折靜撿屏山鐙焰黯常恨影雙人隻鴈過廿叓無消息聽徹沉沉虬漏丞又瀟瀟疏雨空堦滴簷尖鑠甚時撤

點絳唇

上元

月色如銀踏歌聲裏鐙如畫酒寒荂瘦此境難消受悵望天涯歎自凭闌久重回首音風依舊宋算君知否

解珮環

槑爲風雨所敗感而作此

夜來風雨悵小園槑萼飄墜無數纔見荂鬪又見荂飛轉瞬便成塵土但教落盡人知惱叓何必重幡護祇

愁它沒箇知音枉自寃銷千古　日莫凭高不見歎繁華侶寥韶光迅羽乍雨乍晴輕暖輕寒種種惱人情緒天心到此應鶗鴂謾惆悵留春不住看枝頭點點殘英空剩寒香一縷

蠋影搖紅

向晚春寒羅衣不奈東風冷屏山朵朵帶斜陽但見雅成陣檻外落絮如粉又忩忩清明相近燕雙依舊碧水自流海棠未醒　酒宿燈昏無聊怕到黄昏靜月明倚偏曲闌干少箇季時影柳外離鴻相應悵因循歸期未定伯勞東去歸燕西飛此情誰省

更漏子

寄淑生七姊

宿醒酥午睡醒欲枕怕臨鸞鏡懨黛淺曉粧殘微風慊幙寒　柳絲長暮雨細雲氣著人如醉人別後夢歸旹相思空泪墜

如夢令

雨窗夜坐

靜對殘鐙一縷燭起離懷如許歎自不勝情靠箇影兒爲侶無緒無緒生怕黃昏疏雨

法駕導引

暮草碧腸斷憶王孫昔日玉驄從此厺如何不見馬蹏痕無語暗消魂

點絳唇

蹙損春山阿誰解得相思苦耍無情緒況著風穌雨

秊太秊來祇有愁如故長安路亂雲遮住悵望情何許

南鄉子

寂寞又黃昬小院無人半掩門最是鷄忘離別夜銷䰟

紅燭無情照泪痕　春色太撩人月過西廊夜已分謗

取玉樽聊自醉醺醺茶熟香殘被未温

憶秦娥

柳

連天碧沿堤楊柳愁如織愁如織長條非舊那堪攀折

鶯梭鸎舞春三月臨風嫋娜嬌無力嬌無力送人南

浦季季惜別

南慶令

細雨鏁連朝棃雩香暗消醉瞢騰淸緒無聊好寥又敎鶯喚起將一枕綠雲抛　帶減舊圍胥誰憐腕玉銷甚心情螺黛重描桃李不知人意嬾猶只是趁旾嬌

解珮令

莫旾以來連日風雨落英繽紛狠藉滿坔感旹序頻遷良游多阻作此聊寄悵觸耳

朝來風雨晚來風雨怎禁它朝朝莫莫雩事闌珊恠旾已暗抛人厺更無方畱將旾住　鶯兒慵語鶯兒慵舞冷淸淸綠陰庭戶明歲雩旹知人在天涯何處待重來

夢還知否

卜算子

蛙唱起三更驚醒鐙而黑月過西牕一角明對影疏疏
鬲輾轉不成愁觸起愁千叠盼到歸朞欲盡時依舊
無消息

蠋影搖紅

幾日春陰等閒辜負芳菲節小闌靜日更無人祇見夢
飛雪滿地榆錢堆積柳絲長草煙雲碧蓬山路遠雁字
無凴金錢暗擲　一枕餘酲嫩寒鏁瘦慵無力起來心
事正闌珊畢竟無誰說舊恨新愁□□更何堪嘶鵑聲
切一翻細雨幾夜狂風春歸無跡

如夢令

憶自箇人厺了襟上淚痕多少鶯夢乍成時又被鳥聲驚覺煩惱煩惱一枕雲屏寒峭

蝶戀花

菠艸凝煙花溼露庭戶無人惟有流鶯語柳絮飄颻□不住忩忩又過墻東厺　連日輕寒風又雨游子情懷日斷天涯路舊恨新愁知幾許亂山疊疊無重數

閒中好

閒中好月色窗穿冷幸有合歡花低徊伴孤影

前調

閒中好夜月黃昏候小靜院無人宋算花爲偶

浪淘沙

歡自倚空闌情緒闌珊流光如矢太無還多少思親離別淚暗裏偷彈　七載失承歡雲路漫漫聊凭雁足寄修翰安得乘風生綵翼飛到長安

生查子

玉堦生夜涼雨過寒初退十二碧闌干雩影風敲碎青山隔遠煙隱隱隱遙峰翠不見畫眉人無意添螺黛

行香子

懷小雲六妹

綠晚紅稀景物都非歎華年棄我如遺悵雩弔酒衹爲傷離更宿酲酥殘癭覺五更旹　賓鴻不見錦書望斷

空教兩下相思天長地遠莫問歸期奈別離多歡會少待何之

南柯子

惱別慵臨鏡啼多斂黛痕幾回無語暗銷魂只有多情㡘月共相親　夜久愁難寐衾寒被未溫數聲征鴈度層雲況是淒涼旹候又黃昏

賀新郎

外子以詞見示作此奉畣

一紙書來速道空齋翛然對影不勝幽獸欲倩主人為畱意覓取如雩碧玉待它日貯之金屋若得可人如我願更何妨捹卻珠千斛但只恐難從欲　風流好個良

司牧向風塵猶耽吟咏公然脱俗祇有纒綿情不改忩
悥尋歡取樂渾不解鬢絲如擢寄語東君宜自遣還須
留悥於官牘書中悥容徐覆

小重山

天半疎星澹欲流小庭人不至月如鉤晚涼如水露華
浮微風動㸚影碎鵜收　鴈字過南慶聲聲唬别怨助
離愁乘槎我欲覓歸舟凝眸望何處是皇州

滿江紅

聞外子復有邵武之行作此寄慨

歲月如馳早換了一番烌色曾記得昔昔始聚忩忩又
别仲冬朔日自泉州歸三别月中復帶兵至延防堵匝𡉏峰煙何日靖連番羽檄

催行急恨無端按劍又從戎爲征客　兒女泪空教口

離別恨何從說願旌旗西去早爲奏捷聞又有邵武之行談笑

諹揮諸葛扇運籌好畫張良策愧浮生不復事長征隨

車輙、

好事近

寄懷婉洵大姊

憶自別君顏已易一翻寒暑多少別離情況訴鹵風寄

异　妹來容易損柔腸不猒黃昏雨偏是一檠鐙影照

相思最苦

虞美人

寄畹香四姊小雲六妹

涼風歛壁蟲吟草節序驚心早一聲征鴈過南慶喚醒烌閨無恨別離愁　天涯我歐嗟迢遞閩海全家寄幾回無語撫危闌烽火連天何日始平安

思佳客

即景寫懷寄外子

夜夜驚寬入廖頻驚心烽火滿江城如今風雨西牕下怕聽芭蕉點滴聲　思往事意猶驚升沉何必卜君平宅生願學勞勞老無浪無風了此生

菩薩蠻

為葉淑婉夫人續鞠粤便面

裁紅暈碧明牕靜無聊戲為粤畨影傲骨本珊珊霜華

歔耐寒　連朝風又雨瘦鏁天涯路烽火滿江城何旹
解甲兵

西江月

感懷寄外子

皎月每教雲揜好彎都爲香消何須學共斗山高反被
浮名誤了　天氣陰晴不定世情反覆堪嘲茫茫宦海
足波濤畢竟知音人少

菩薩蠻

蕉牕夜夜風餘雨一鐙瘦影㷀爲侶檢點別時衾空餘
舊淚痕　晨樷慵攬鏡積思都成恨翠黛待重描憐無
昔日嬌

鵲踏枝

月過西牕衾侶水人在天涯秌在蟲聲裏一院溼煙飛不起臨風語盡相思味、珠楯玉闌閒徙倚艮夜苕苕欲遣愁無計卜得鐙花私自喜無言悄立簾兒底

清平樂

秌風蕭瑟觸耳蟲聲急花影橫牕鐙照壁添倍淒涼顏色　秊來別思頻添愁生兩葉眉尖試問廔頭明月清光卻向誰圓

醉花陰

雨夜

淅瀝虛牕敲暗雨睡鴨銷蘭炷薄醉不成歡屈指西風

恨事無重數　侶綺季華如水度炋艺拋人厺瘳斷五

叓頭芳草無情緣偏天涯路

朝中措

晚風庭院倍蕭條炋色不堪描鏡檻蹙殘雙黛羅衣寬

褪纖腰　箇人厺艺相思如許有酒難澆料得詩餘酒

後芳情一樣薑銷

蘓幙遮

別離多歡會少嘶馬炋風人在斜昜道盻斷寒雲無腸

到身不能飛願化長堤艸　狄蛩殘梧葉老不待悲炋

已是愁難了明月天涯會共照瘳味闌珊愁擁炋衾曉

南慶令

鎮日捹慊襲沓寒細雨中嫩蕗痕緣到墻東院角小㡀
香欲折枝頭露一猩紅　遠岫草雲封㢮高芳艸空倚
危闌離思千重瘦減沈胥非爲別都只是客愁濃

傳古樓景印

圖書在版編目（CIP）數據

小檀欒室彙刻閨秀詞．第七集、第八集／（清）徐乃昌校刻．-- 杭州：浙江大學出版社，2018.6
（傳古芸香／李保陽主編）
ISBN 978-7-308-18159-4

Ⅰ．①小… Ⅱ．①徐… Ⅲ．①詞（文學）－作品集－中國－古代 Ⅳ．① I222.82

中國版本圖書館 CIP 數據核字（2018）第 078087 號

小檀欒室彙刻閨秀詞 第七集 第八集
【清】徐乃昌 校刻

叢書策劃	陳志俊
叢書主編	李保陽
責任編輯	王榮鑫
責任校對	田程雨
封面設計	温華莉
出版發行	浙江大學出版社 （杭州市天目山路 148 號 郵政編碼 310007） （網址：http://www.zjupress.com）
排版	杭州尚文盛致文化策劃有限公司
印刷	浙江新華數碼印務有限公司
開本	880mm×1230mm 1/32
印張	33.75
字數	264 千
印數	0001—1000
版印次	2018 年 6 月第 1 版 2018 年 6 月第 1 次印刷
書號	ISBN 978-7-308-18159-4
定價	300.00 元（全四册）

浙江大學出版社發行中心聯繫方式：（0571）88925591；http://zjdxcbs.tmall.com